Gerd Rödiger

CRAWLER

Geschichten aus einer anderen Zukunft

FSC
www.fsc.org
MIX
Papier aus ver-
antwortungsvollen
Quellen
Paper from
responsible sources
FSC® C105338

Gerd Rödiger

CRAWLER

Geschichten aus einer anderen Zukunft

INHALT

CRAWLER

Er trug einen Hut, hatte seinen Mantelkragen hochgeschlagen, und seine Augen suchten unruhig meinen Laden ab. Ich schätzte ihn auf etwa sechzig Jahre. Er stand vor der verschlossenen Vitrine, in der ich die neuesten Crawler ausgestellt hatte. Als ich dieses Verhalten das erste Mal bei einem meiner Kunden beobachtet hatte, hatte ich geglaubt, er wolle etwas stehlen, oder traute sich nicht, nach der Toilette zu fragen. Als sich der Laden geleert hatte, trat der Mann jedoch zu mir an die Theke.

»Guten Tag. Ich habe ein Problem mit meinem Crawler.« Er flüsterte.

Ich bin Besitzer des ersten, größten und besten Crawler-Shops der Stadt. So steht es zumindest auf meiner Website und auf dem Schild in meinem Schaufenster. Ich biete einen umfangreichen Service, der selbstverständlich auch Reparaturen beinhaltet. Es gab keinen Grund, sich zu benehmen, als ob ich illegale Drogen verkaufte. Ich fragte mich, wie ich angemessen reagieren sollte, und entschied mich für ein höfliches Lächeln.

»Handelt es sich um ein mechanisches, oder um ein elektronisches Problem?«

»Gewissermaßen beides. Sehen Sie, die Klappe an der Unterseite klemmt, und ich bekomme die Speicherkarte nicht mehr heraus.«

Er zog einen der Crawler aus seiner Tasche, wie sie manchmal in Supermärkten verramscht wurden. Er sah aus wie ein dickes Buch, mit vier dünnen Metallbeinchen an den Seiten. Der Körper schien aus reinem Kunststoff zu bestehen. Er stellte das Gerät auf die Theke, zögerte aber, es loszulassen. Ich hielt mein Lächeln aufrecht.

»Dann wollen wir uns das kleine Biest mal ansehen. Das bekommen wir schon hin.«

Der Mann ließ mich den mobilen Datenspeicher untersuchen. Das beschädigte Fach lag in einer Vertiefung. Der Knopf, mit dem man es öffnen konnte, war abgebrochen. Tiefe Kratzer wiesen darauf hin, dass sich jemand mit einem Schraubenzieher daran zu schaffen gemacht hatte. Dabei war er offensichtlich abgerutscht und hatte auch den USB-Port beschädigt. Das Gehäuse selbst war nicht verschraubt, sondern geklebt. Billiger Mist, der mir das Geschäft kaputtmachte.

»Ich kann das Fach öffnen und eine neue Klappe einsetzen. Aber ich kann Ihnen nicht garantieren, dass die Speicherkarte die Prozedur überlebt. Vielleicht kann ich aber die Daten vorher auslesen und Ihnen eine Kopie erstellen.«

»Das wäre gut. Könnten Sie eventuell gleich …? Während ich …?«

Ich nickte. Auch das kannte ich. Er hatte private Daten gespeichert und wollte nicht, dass ich sie mir heimlich ansah. Nicht, dass mich so etwas interessierte, aber ich hatte bereits zwei Mitarbeiter entlassen müssen, weil sie zu neugierig geworden waren. Ich fragte mich noch immer, was Menschen dazu bewog, ihre Steuererklärung oder Videos von ihrer letzten Liebesnacht auf einem Gerät zu speichern, das sich selbstständig bewegen konnte.

»Wissen Sie, meine Enkel haben mir das Ding geschenkt. Anfangs habe ich es für eine reine Spielerei gehalten, aber inzwischen möchte ich das Gerät nicht mehr missen. Morgens kommt der kleine Kerl von seiner Ladestation in mein Schlafzimmer, weckt mich mit meiner Lieblingssinfonie und projiziert mir E-Mails an die Decke, die mir meine Enkel am Vorabend geschickt haben. Und Sie glauben ja nicht, wie oft ich meine Autoschlüssel verlege! Und dieser Crawler spürt sie jedes Mal innerhalb weniger Minuten auf! Ich hätte nie gedacht, dass ich mich so schnell an diese Technik gewöhnen würde. Aber vermutlich finden Sie das lächerlich.«

»Überhaupt nicht. Auch ich lese meine E-Mails häufig an der Schlafzimmerdecke, und meinen Terminkalender gehe ich morgens an der Küchenwand durch, während ich meinen Kaffee trinke. Und ganz im Vertrauen: Wenn mich beim Autofahren die Nase juckt, fahre ich nicht rechts ran, sondern schicke meinen Crawler zum Handschuhfach, um mir ein Taschentuch zu holen.«

»Unglaublich, was diese Geräte alles können! Ich habe gehört, dass es welche gibt, die für kranke Menschen ihre Medikamente verwalten und Thrombosespritzen verabreichen!«

»Nun, das ist doch noch Zukunftsmusik. Aber früher oder später wird das wohl kommen. Es ist schon erstaunlich, wenn man bedenkt, für was die Crawler ursprünglich entwickelt wurden. Angeblich hatte es ihren Erfinder genervt, dass er durch die Suchfunktion jedes Dokument auf seinem Rechner finden konnte, es ihn aber Stunden kostete, in seinem Saustall Unterlagen aus Papier zu finden. Er entwickelte ein Gerät, etwas größer als eine Maus, versah es mit Extremitäten, einem Scanner und einem einfachen Betriebssystem. Der erste Crawler war bereits in der Lage, Schubladen und Ordner zu öffnen, Seiten umzublättern und Texte abzugleichen. Da trotz aller Unkenrufe immer mehr Dokumente auf elektronischem Weg verarbeitet werden, hatte es sich angeboten, die Funktionen zu erweitern. Sie sehen ja, was heute alles möglich ist, und die Entwicklung ist noch lange nicht abgeschlossen.«

»Nur Kaffee kochen können sie noch nicht!«

Wir lachten beide, während ich mich an die Arbeit machte. Ich überprüfte, ob die WLAN-Verbindung des Crawlers deaktiviert oder gesichert war. Wie ich erwartet hatte, war sie weder das eine noch das andere. Ich verband den Crawler mit meinem Rechner und las die Daten der Speicherkarte aus. Ich kopierte sie auf eine frische Karte und setzte sie in das Gerät ein, nachdem ich die alte mit Gewalt entfernt hatte. Ich erneuerte die Verschlusskappe, und es gelang mir auch, einen neuen USB-Anschluss einzusetzen. Am Ende justierte ich die Halterung der Beine nach und wischte den Crawler mit einem feuchten Tuch ab. Er sah aus wie neu. Wie ein neues Stück billiger Schrott, aber immerhin. Mein Kunde war zufrieden. Er bezahlte, tippte sich an den Hut und ging. Durch den Kopiervorgang hatte ich noch immer seine Daten auf meinem Rechner, was ihm vermutlich nicht bewusst war. Ein Scanner, der kinderpornografische Bilder und Videos erkennen sollte, war im Hintergrund mitgelaufen, hatte aber keinen Alarm geschlagen. Ich löschte die Dateien.

Er war der letzte Kunde gewesen, und es sah nicht danach aus, als ob heute noch welche kommen würden. Ich sperrte meinen Laden zu und machte mich auf den Heimweg. Ich setzte mich hinters Lenkrad, und bevor ich losfuhr, führte ich meinen Crawler an den Kopf.

»Telefon!«

Zwei dünne Metallarme schlangen sich sanft um mein Ohr, während ein winziger Lautsprecher einen Zentimeter tief in meinen Gehörgang eindrang und der Mikrofonarm ausfuhr, um sich vor meinem Mund zu platzieren. Anfangs war es ein unangenehmes Gefühl gewesen, und es sah noch immer ziemlich dämlich aus. Aber es war praktisch, und die Sprachqualität war unglaublich gut. Ich sagte meiner Frau, dass ich heute ein wenig früher nach Hause kommen würde, und erkundigte mich, ob eine Antwort auf meine Bewerbung gekommen war. Es war keine gekommen. Es sah so aus, als ob ich mein Geschäft noch einige Zeit über Wasser halten musste.

In unserer Garageneinfahrt überfuhr ich beinahe einen Crawler. Zeitweise waren sie zu einer echten Landplage geworden. Als die Preise für die Geräte fielen, hatten die Werbeindustrie und politische Aktivisten sie für ihre Zwecke eingespannt. Eine Zeit lang waren Gehwege und Straßen voll von kleinen, krabbelnden Kästchen, die Werbebotschaften aus ihren winzigen Lautsprechern plärrten oder Parolen an die Hauswände projizierten. Manche Geräte klammerten sich einem im Vorbeigehen ans Hosenbein und ließen erst wieder los, wenn man laut den Werbespruch wiederholt hatte, den sie einem vorsagten. Das wurde ziemlich schnell verboten, aber immer wieder setzte sich jemand darüber hinweg. Ich sammelte den Crawler ein, bei dem es sich um ein teures Gerät neuerer Bauart handelte. Es besaß eine geschwungene, beinahe aerodynamische Form und war metallic-schwarz lackiert. Vermutlich ein Irrläufer aus der Nachbarschaft, dessen GPS-Empfang ausgefallen oder der von einem neugierigen Haustier verschleppt worden war.

Ich ging ins Haus und fand meine Frau in der Küche. Auf dem Herd standen Töpfe und Pfannen, aus denen es nach exotischen Gewürzen roch. Auf dem Küchentisch stand der Crawler meiner Frau, der ein indisches Rezept an die Wand projizierte und einen Song von Peter Gabriel zum Besten gab. Ich war froh, dass Sabine alles andere als technikfeindlich war. Sie arbeitete selbst in Vollzeit, aber als Selbstständiger hatte ich selten geregelte Arbeitszeiten, und die meiste Hausarbeit blieb an ihr hängen. Sie war dankbar für jede Unterstützung. Sei es der autonome Staubsauger, die Fensterscheiben mit Lotus-Effekt, oder auch ihr Mann, der sich hin und wieder eine verklebte Pfanne schnappte und manuell spülte. Ich gab ihr einen Kuss und verschwand mit dem gefundenen Crawler im Arbeitszimmer.

Ich untersuchte das Gerät und stellte zu meiner Überraschung fest, dass es sich um einen *Killer* handelte. Der Crawler besaß die typische Öffnungsklappe an der Vorderseite, hinter der sich eine wie auch immer geartete Abschussvorrichtung verbarg. Manche katapultierten durch einen Federmechanismus kleine Pfeile heraus, andere besaßen Druckluftpatronen, die winzige Metallkugeln verschossen. Damit konnten die Crawler bestenfalls einer Fliege etwas zuleide tun, aber genau dafür war diese Spielerei erfunden worden. Jugendliche Freaks hatten kleine Abschussrampen eingebaut und ihren Geräten beigebracht, Spinnen zu jagen und Fliegen aus der Luft abzuschießen. Einige von ihnen stellten gut gemachte Videos ins Netz, und die besten Bastler wurden von der Industrie engagiert, diese Funktionen weiter zu entwickeln. Ich erinnerte mich an die Anzeige eines Crawler-Produzenten:

Statistisch gesehen leben in jeder 3-Zimmerwohnung 20 Spinnen, 8 Fliegen und in Erdgeschosswohnungen 12 Kellerasseln! Unser Crawler findet sie alle! Er eliminiert sie, saugt sie ein und entsorgt sie im Freien! Auf Wunsch auch ohne sie zu töten. 24/7! Haben wir schon erwähnt, dass der LLECrawler keinen behaarten Körper, dafür aber glänzende Beine aus Metall besitzt? Wählen Sie Ihre Wunschfarbe für das Gehäuse! In zahlreichen Pastelltönen lieferbar! The Lady-like-E-Crawler!

Ich zeigte damals Sabine die Anzeige. Ihre Augenbrauen hoben sich, während ihr Gesicht ansonsten regungslos blieb.

»Das bedeutet, diese Firma hält uns Frauen nicht nur für Feiglinge, die sich vor Spinnen fürchten, sondern auch für dumm?«

»Die Geräte verkaufen sich sehr gut.«

»Du gibst diesen Idioten recht?«

»Offen gestanden besitzt der Verkaufsschlager dieser Firma Räder, was ziemlich unpraktisch ist, und einen Heckspoiler. Du kannst dir denken, wer diese Geräte kauft.«

Ihre Augenbrauen senkten sich wieder, und ein Grinsen machte sich auf ihrem Gesicht breit.

Es dauerte nicht lange, bis Tierschutzorganisationen protestierten und die Produktion der sogenannten Killer-Crawler verboten wurde. Natürlich wurden im Privaten und von manchen Händlern weiterhin solche Umbauten vorgenommen. Ich hatte mich diesem Trend verweigert, um keinen schlechten Ruf zu bekommen. Leider verlor ich damit mehr Kunden, als ich dazugewann.

Ich verband den Crawler mit meinem Rechner, aber erwartungsgemäß waren alle Dateien mit Passwörtern gesichert und vermutlich verschlüsselt. Ich startete die Programme, die sich darum kümmern würden, und ging in die Küche, um nach dem Essen zu sehen. Als ich satt und zufrieden in mein Arbeitszimmer zurückkehrte, staunte ich nicht schlecht.

Über den Monitor liefen Fehlermeldungen, und der Virenscanner piepte wie eine Maus, die man unter Strom gesetzt hatte. Der Crawler drehte sich in meine Richtung und öffnete die Klappe seiner Abschussvorrichtung. Irgendein tief vergrabener Instinkt brachte mich dazu, anstelle zu lachen, mich auf den Boden zu werfen. Zwei

Pfeile, die meinen Kopf um sprichwörtliche Haaresbreite verfehlten, gaben ihm recht. Nach dem Abschuss wandte sich der Crawler wieder von mir ab. Ich richtete mich ein wenig auf und zog einen der Pfeile aus der Tür, in der sie stecken geblieben waren. Dabei ließ ich den Crawler nicht aus den Augen. Der Pfeil war kaum zwei Zentimeter lang und in drei Teile untergliedert. Der erste bestand aus einer harten Spitze, und das Ende war mit winzigen Flügeln versehen worden, um die Flugbahn zu stabilisieren. Am interessantesten war der Mittelteil, der aus einer kleinen Phiole bestand, deren Inhalt aus der offensichtlich hohlen Spitze auf meine Hand tropfte. Die Stellen, die mit der Flüssigkeit in Berührung kamen, fühlten sich taub an, als ob mich die fliegende Spritze eines Zahnarztes getroffen hatte. Ich ließ den Pfeil fallen und schüttelte meine Hand, um die Blutzirkulation in Gang zu halten. Der Crawler bewegte sich. Ich warf mich unter meinen Schreibtisch und zog aus der untersten Schublade die *ultimative Datensicherung*. Das war meine Bezeichnung für einen extrem starken Elektromagneten, den ich neben dem Crawler platzierte und aktivierte. Dieser verhielt sich ruhig, und die Zeichenkolonnen auf dem Monitor verlangsamten sich.

Ich schüttelte meine Hand so lange, bis sie sich wieder wie eine Hand anfühlte, dann nahm ich den Crawler in Augenschein. Er schien in einen Ruhemodus gefallen zu sein. Ich atmete tief durch. Bis vor einer Minute hatte ich geglaubt, dass ich allen möglichen Spielarten von Crawlern schon begegnet war, aber ein derartig feindseliges Exemplar hatte ich noch nie gesehen. Meine Neugier war geweckt.

Ich klemmte das Gerät von meinem Rechner ab, der sich inzwischen mit einem Blue Screen aufgehängt hatte. Der Crawler stellte sich weiterhin tot. Ich nutzte die Gelegenheit, um die Beine des kleinen Monsters mit Klebeband zu fesseln, und drehte die Abschussrampe gegen die Wand, bevor ich auch sie versiegelte. Als Nächstes nahm ich die Verschlussklappe in Augenschein, hinter der sich die Speicherkarte verbarg. Sie schloss bündig mit dem Gehäuse ab und besaß keinerlei Ansatzpunkt, um sie mechanisch zu öffnen. Vermutlich musste man ein entsprechendes Signal über Funk senden, um an die elektronischen Innereien zu gelangen. Ich traute dem kleinen Biest zu, alle Daten zu löschen, wenn man versuchte, das Gehäuse mit Gewalt zu öffnen. Sicherheitshalber klebte ich den Crawler auf dem Tisch fest, bevor ich meinen Rechner neu startete. Ich versuchte, auf den üblichen Frequenzen ein Signal des Crawlers zu empfangen, hatte aber keinen Erfolg. Ich kramte einige Zeit im Internet, konnte aber niemanden finden, der mit einem ähnlichen Fall konfrontiert worden war. Schließlich startete ich ein Programm, das ich vor einiger Zeit selbst geschrieben hatte, um gelöschte oder beschädigte Inhalte der Crawler meiner Kunden wieder herzustellen. Es war noch nicht völlig ausgereift, aber es war das Beste, was ich hatte. Ich überzeugte mich davon, dass der Crawler sicher fixiert war, und ging ins Wohnzimmer, um mich meiner ohne Zweifel besseren Hälfte zu widmen.

Wir saßen vor dem Fernseher und liefen gerade Gefahr, bei den Spätnachrichten einzudösen, als mich der Geruch von verbranntem Kunststoff aufschreckte. Ich lief in die Küche, aber dort war alles in Ordnung. Der Gestank schien aus meinem Arbeitszimmer zu kommen. Als ich die Tür aufriss, fiel mir als Erstes das verschmorte Klebeband auf, das auf der Tischplatte klebte. Den Crawler sah ich nicht, aber aus einer halb geöffneten Schreibtischschublade drang Licht. Ich zog die Lade langsam auf und fand darin den Crawler, der meine Unterlagen zu fotografieren schien. Ich packte das Gerät und rannte ins Badezimmer, wo ich es in ein Handtuch wickelte und in die Badewanne warf. Ich widerstand dem Drang, den Wasserhahn aufzudrehen. Wahrscheinlich war das Ding ohnehin wasserdicht. Außerdem war ich mindestens so neugierig auf die Geheimnisse des Crawlers, wie er auf meine. Ich stülpte einen Wäschekorb über das Gerät und beschwerte diesen mit einer steinernen Pflanzenschale.

Das Protokoll meines Rechners zeigte mir, dass er anstelle Informationen von dem Crawler zu bekommen, diesem schließlich Zugriff auf Teile seiner Festplatte gewährt hatte. Ich hatte auf diesem Gerät keine sensiblen Daten gespeichert, daher war ich eher überrascht als verärgert.

Ich wusste, dass es Crawler gab, die ausschließlich zur Industriespionage entwickelt worden waren. Vielleicht hatte sich eines dieser Geräte in unsere Straße verirrt. Vielleicht hatte es von jemandem in Empfang genommen werden sollen, als ich auftauchte und es in guter Absicht einsteckte. Vielleicht war der Crawler auch auf mich angesetzt worden. Ich konnte mir allerdings beim besten Willen nicht vorstellen, was sich jemand davon versprechen sollte.

Irgendwann befreite ich den Crawler aus der Badewanne, weil wir sie für ihre ursprüngliche Bestimmung benötigten. Ich packte ihn in einen Stoffbeutel, umwickelte diesen mit hoffentlich hitzebeständiger Paketschnur und verstaute das Paket in unserem Wandtresor. Die folgenden Tage dachte ich darüber nach, wie ich mir Zugriff auf den Speicher des Crawlers verschaffen konnte. Mir fiel nichts Besseres als ein Buffer Overrun ein. Crawler besitzen selbstverständlich einen Schutz dagegen, aber mein Exemplar schien einen unbändigen Hunger auf Fremddaten zu haben. Ich vermutete, dass ihn eine Attacke mit sinnlosem Datenmüll nicht beeindrucken konnte, aber ich war mir sicher, dass er gegenüber intimen und geheimen Informationen über mich aufgeschlossen reagieren würde.

Sabine und ich verbrachten schließlich einen wunderbaren Abend damit, uns eine spannende Biografie für uns auszudenken. Ich öffnete eine Flasche Wein, und wir ließen unserer Fantasie freien Lauf.

Ich wurde zu einem Adligen, der seinen Titel nach diversen Skandalen hatte ablegen müssen. Natürlich hatte ich uneheliche Kinder, vier an der Zahl.

»Kevin, Chantall, Steve und Lindsey-Anne!«

»Steve sitzt im Gefängnis ...«

»... wegen Landesverrats!«

»Wir sind reich!«

»Aber niemand weiß, woher das Geld stammt. Aber es gab da eine Geschichte im Kongo, ...«

»... seitdem sind die Behörden hinter uns her.«

»Wir haben unsere Namen mehrfach geändert ...«

Als wir die zweite Flasche Wein geleert hatten, war eine ziemlich wilde Geschichte entstanden. In den folgenden Tage verteilte ich die Daten auf verschiedene Dokumente, versah sie mit Bildern und sinnlos aufgeblähten PDFs und sicherte das Ganze mit einem veralteten Verschlüsselungsprogramm. Ich befreite den Crawler aus dem Stoffbeutel und ließ die Tresortür einen Spalt offen. Danach aktivierte ich eine eigens dafür installierte Webcam in meinem Arbeitszimmer und schloss die Tür. Es dauerte nicht lange, bis der Crawler den Wandtresor verließ. Er sprang einfach heraus und landete sicher wie eine Katze auf seinen Beinchen. Er verharrte einen Augenblick und wandte sich dann zielstrebig meinem Rechner zu, den ich angelassen hatte. Lange Zeit schien überhaupt nichts zu passieren, aber ein WLAN-Empfänger im Nebenzimmer zeigte mir an, dass es einen regen Funkverkehr gab. Ich zoomte auf die Festplatten-

Anzeige meines Rechners, die ständige Aktivität anzeigte. Als sie erlosch, sendete der Crawler ein großes Datenpaket. Ich war überrascht über die Sendeleistung, die über ein normales WLAN weit hinausging. Wer auch immer der Empfänger war, er wusste nun alles über Graf und Gräfin von Zeppelin, ihre missratenen Kinder und ihre Verstrickung in diverse afrikanische Militärregierungen. Ich ging ins Arbeitszimmer und sammelte den Crawler ein, der sich den Rest des Tages tot stellte. Entweder war seine Mission erfüllt, oder seine Energiereserven waren durch das Versenden unserer umfangreichen Biografie erschöpft. Ich beschloss, ihn nicht mehr im Tresor einzuschließen, behielt ihn aber im Auge. Ich hatte das gesendete Datenpaket komplett aufgefangen und gespeichert, konnte aber natürlich keinen Hinweis auf seinen Empfänger herauslesen. Ich nahm mir vor, mich am nächsten Tag darum zu kümmern. Zu diesem Zeitpunkt ahnte ich nicht, dass ich dafür keine Gelegenheit mehr haben würde. Dennoch würden alle meine Fragen beantwortet werden.

Wir saßen noch etwas schläfrig beim Frühstückskaffee, als es an der Tür klingelte. Ich öffnete und rannte beinahe in zwei hochgewachsene Männer in dunklen Anzügen, die Sonnenbrillen trugen. Sie hielten mir ihre Ausweise unter die Nase, welche sie als Mitarbeiter des Inlandsgeheimdienstes auswiesen. Ich war schlagartig wach. Ich betrachtete die Ausweise ausgiebig. Sie schienen echt zu sein.

»Herr Müller? Olaf G. Müller, geboren am 19. März 1971?«

»Der bin ich. Was kann ich für Sie tun ... was habe ich getan ...?«

»Sie haben sich kürzlich um eine Stelle beim Innenministerium beworben. In der Sektion technische Überwachung.«

»Ja ...«

Der jüngere der beiden Männer nahm seine Brille ab und lächelte mich an.

»Glückwunsch. Sie haben den Job.«

Während ich nach Luft schnappte und bemüht war, dabei nicht allzu dämlich auszusehen, reichte mir der andere Mann einen Umschlag. Auch er lächelte.

»Nach Ihrer schriftlichen Bewerbung waren Sie bereits in unserer engeren Wahl. Wir halten wenig von Bewerbungsgesprächen und Assessment-Centern. Wir ziehen es vor, unsere Kandidaten einer realistischen Situation auszusetzen und beobachten, wie sie reagieren. Wir waren sehr mit Ihnen zufrieden, auch wenn Sie vielleicht noch lernen müssen, etwas vorsichtiger zu sein.«

Er deutete auf meine Füße, zwischen denen der Crawler hindurch krabbelte, sich an dem Hosenbein des jüngeren Mannes hinauf hangelte und sich schließlich auf seiner Schulter niederließ. Ich musste für einen Augenblick an das Bild eines Piraten denken, schüttelte den Gedanken aber wieder ab.

»Bitte entschuldigen Sie die kleine Spionageattacke, aber Sie haben unseren kleinen Freund schließlich aus freien Stücken bei sich aufgenommen. Alles Weitere finden Sie in Ihren Unterlagen. Wir erwarten Ihre Antwort innerhalb der nächsten 48 Stunden. So, Kleiner, verabschiede dich von Graf Zeppelin.«

Der Crawler schien tatsächlich ein Bein zu heben, um mir zuzuwinken, aber vielleicht täuschte ich mich auch. Die Männer setzten ihre Sonnenbrillen wieder auf und gingen.

Ich schloss die Tür und nahm Sabine, die fassungs-
los hinter mir stand, in die Arme, bis wir beide uns sicher waren, nicht zu träumen.

Später ging ich in meinen Laden, aber nur, um ein
neues Schild in mein Schaufenster zu hängen:

GESCHLOSSEN

ENDE

Crawler erschien erstmals in der Zeitschrift **c't**. Wie
damals üblich wurde die Geschichte unter dem Pseudonym Edgar Philips veröffentlicht. Crawler eröffnete das
Jahr 2011 in der ersten Ausgabe, wie immer wunderbar
betreut vom Redakteur Bernd Behr.

Für diese Sammlung wurde die Story noch einmal
sorgsam durchgesehen und überarbeitet.

DER ROBOTER IM SEE

Die Stimme am anderen Ende der Leitung brüllte mich an, aber gerade, als ich ihr antworten wollte, wurde meine Aufmerksamkeit abgelenkt. Eine Dame hatte mein Büro betreten. Ich war mir unschlüssig, ob es durch ihre Anwesenheit in einem neuen, ungewohnten Glanz erstrahlte, oder ob es durch den Kontrast nur noch schäbiger wirkte. Ich vergaß den Telefonhörer in meiner Hand und wandte mich meinem Gast zu. Ich gab mich angemessen überrascht, da meine Tür von einem lange zurückliegenden Wasserschaden verzogen war und ein wenig klemmte. Es benötigte keinen Schwergewichtsboxer, um sie zu überwinden, aber die meisten meiner Besucher zogen es vor, zu klingeln und sich von mir öffnen zu lassen. Die meisten meiner Besucher waren jedoch Menschen. Diese Lady war auf den ersten Blick nichts Anderes, und ich musste zugeben, dass ich schon weniger attraktive Exemplare gesehen hatte. Sie hatte langes, schwarzes Haar, volle Lippen, breite, aber nicht zu breite Hüften und große, vermutlich feste Brüste. Dabei war sie sehr konservativ gekleidet. Der Saum ihres kirchenmausgrauen Kostüms streifte beinahe meinen staubigen Boden, und der Kragen war beängstigend weit zugeknöpft. Sie hatte sich sehr sorgfältig, aber auch erfolglos Mühe gegeben, ihre Reize zu verbergen. Ihre dunklen Augen waren zur Hälfte von langen Wimpern verdeckt, die sich in regelmäßigen Abständen hoben, als ob sie sich selbst ein wenig umsehen wollten. Ich konnte nicht erkennen, ob ihnen gefiel, was sie sahen. Das bisschen Haut, auf das die strenge Kleidung einen Blick erlaubte, war bleich und beinahe makellos. Scheinbar deutete nichts darauf hin, dass die Lady ein Roboter war. Erst als sie sich setzte, ohne dass ich sie dazu aufgefordert hatte, war ich mir endgültig sicher. Trotz der Fortschritte, die in der Entwicklung der Programmierung von Emotionen gemacht wurden, hatten Roboter immer noch gewisse Probleme mit dem, was wir Menschen als Höflichkeit bezeichnen. Ich sah ihnen das nach, da dies auch nicht gerade meine Königsdisziplin war. Im Grunde hatte sie sich schon beim Eintreten verraten. Die Art der Roboter, sich zu bewegen, erinnerte mich stets an die animierten Figuren aus Filmen, die zu Beginn des 21. Jahrhunderts gedreht worden waren. Die Saurier, Monster und Fabelwesen sahen so täuschend echt aus, als ob sie gerade einem Albtraum entsprungen waren. Aber sobald sie sich bewegten, flog der Schwindel auf. Das Fell flatterte im digitalen Wind, dass man jedes einzelne Härchen sehen konnte. Aber wann immer sie den Boden berührten, fühlte man sich an Donkey Kong oder Pac Man erinnert. Es fand kein Dialog zwischen Boden und Füßen statt, wie es bei echten Wesen der Fall ist. Fußbetten biegen sich durch, Knie beugen sich, Staub wirbelt auf, und der Boden sollte vibrieren, wenn ein Zwanzig-Tonnen-Geschöpf auf ihm herumtrampelt.

Die Lady wog eindeutig weniger als zwanzig Tonnen, und ganz offensichtlich berührten ihre Gucci-Schuhe den Boden. Dennoch wirkten ihre Bewegungen so künstlich und geziert, dass ich zu dem Schluss kommen musste, dass ich entweder eine gichtkranke Balletttänzerin vor mir hatte, oder einen Roboter. Die zweite Möglichkeit erschien mir wahrscheinlicher.

Es gab heutzutage Roboter in allen Farben und Formen. Sie wurden für alle nur erdenklichen Zwecke konstruiert. Angefangen bei der Verrichtung von einfachen häuslichen Dienstleistungen wie Staubsaugen und Toilettenputzen, über Kindermädchen und Pflegekräfte, bis hin zu Formen, die eher einfache menschliche Bedürfnisse bedienten. Man tauchte die Metallskelette in einen latexähnlichen Kunststoff, und je nach Bedarf sparte man nicht mit anatomischen Details.

Die Lady sagte nichts, aber ihr Blick lenkte meine Aufmerksamkeit auf den schreienden Telefonhörer, den ich vollkommen vergessen hatte. Ich legte ihn auf die Gabel und wühlte in einigen Papieren, um etwas Zeit zu gewinnen und noch ein wenig meinen Gedanken nachhängen zu können. Ich stellte zwei Gläser auf den Tisch und angelte nach den passenden Flaschen. Für solche Anlässe hatte ich synthetisches Motorenöl abgefüllt. Ich goss das Glas der Lady halb voll und genehmigte mir dieselbe Menge Scotch. Die Sonne stand gerade im Zenit, und in ihrem grellen Licht ähnelten sich die beiden Flüssigkeiten sehr stark. Wir stießen schweigend an und tranken. Das Öl rann zähflüssig über die vollen Lippen der Lady, während mein Whisky sich ungeduldig die Speiseröhre hinab fraß. Roboter besitzen heutzutage geschlossene Ölkreisläufe, die keinerlei externer Schmierung bedürfen, aber das Anbieten von Öl hatte sich als Ritual erhalten. Bestimmte Gesten halfen den Robotern zu erkennen, ob ihr Gegenüber sie akzeptierte oder ihnen Rostfraß an den Hals wünschte. Viele Menschen hatten keine besonders gute Meinung von Robotern, und nicht wenige hatten gute Gründe dafür. Durch ihre Existenz hatten Hunderttausende ihre Arbeit verloren, und seit es die Liebes-Roboter der Firma Stepford Industries gab, hatte sich die Zahl der Scheidungen drastisch erhöht. Für viele Menschen war es schockierend, wie groß der Bedarf an seelenlosen, willigen Körpern war. Anfangs hatte Stepford seine künstlichen Liebessklaven ausschließlich mit weiblicher Anatomie ausgestattet, und die Frauenrechtsbewegung war Sturm gelaufen. Sie prangerte die Gleichsetzung von Frauen mit willenlosen

Maschinen an, deren einziger Daseinszweck in der Erfüllung sexueller Gelüste bestand. Als Stepford die ersten – wie man hörte, gut ausgestatteten – männlichen Modelle auf den Markt warf, verstummte dieser Protest ganz allmählich, wie ein altes Pferd, das im Treibsand versank. Stepford erweiterte seine Palette beinahe jede Woche um ein neues Modell. Es gab große, kleine, schlanke und feiste. Scheinbar alte, missgestaltete mit absurder Anatomie, Zwitterwesen und tierartige Roboter. Es gab auch Modelle, die Kindern ähnelten. Offiziell wurden sie gebaut, um kinderlose Paare zu trösten, aber jeder wusste, dass es ein Leichtes war, sie für andere Zwecke zu modifizieren. Die Perversion der Entwickler schien keine Grenzen zu kennen und die der Kunden ohnehin nicht. Da es sich nicht um Klone, sondern um Maschinen handelte, gab es kaum rechtliche Beschränkungen. Vor dem Gesetz war ein Roboter nichts anderes als eine Waschmaschine, und jeder konnte schließlich mit seinen Haushaltsgeräten machen, was er wollte.

Die Lady hatte das Glas abgestellt und tupfte sich mit einem Taschentuch ein paar Tropfen Öl von den Lippen. Ich betrachtete sie eingehend. Dieses Modell hatte kein Perverser entworfen, sondern ein Mann mit Geschmack. Ohne Zweifel war es ein Mann gewesen, und ohne Zweifel besaß er einen einfachen Geschmack. Dieses Exemplar war ein Klassiker. Eine Mischung aus Marilyn Monroe und Angelina Jolie. Sie war der fleischgewordene Albtraum jeder konservativen Feministin. Ihr Design schien auf direktem Weg einem testosterongetränkten Rückenmark entsprungen zu sein, dessen Signale die rationalen Bereiche eines männlichen Gehirns souverän umschifften. Ich hatte noch nie etwas mit einer Roboter-Lady gehabt. Abgesehen vom fehlenden Kleingeld hatte mich der Gedanke, Körperflüssigkeiten mit einer Maschine auszutauschen, nie sonderlich gereizt. Zu meiner eigenen Überraschung spürte ich, dass meine bisherigen Ansichten feine Risse bekamen.

»Mein Name ist Andrea. Wenn Sie mich ausreichend gemustert haben, würde ich Sie gerne engagieren und Ihnen mitteilen, um was für eine Angelegenheit es sich handelt.«

Ihre Stimme war ein wenig tiefer, als ich erwartet hatte, aber sie war so weich wie ein dreifach destillierter Whiskey. Ich bestätigte ihr, dass die Musterung beendet sei, behielt aber das Resultat meiner Gedankengänge für mich. Dann erzählte sie mir ihre Geschichte. Sie war nicht besonders interessant anzuhören. Obwohl es nicht sehr lange dauerte, fühlte ich mich ein wenig, als ob mir jemand den Geschäftsbericht einer Waschmittelfirma vorlesen würde. Roboter waren keine sehr unterhaltsamen Erzähler, aber sie waren hervorragende Beobachter. Sie vergaßen keine Details, und sie ließen niemals unbeabsichtigt wichtige Fakten aus. Und sie vergossen nicht literweise Tränen auf meinen Besuchersessel, wie es viele meiner menschlichen Klienten taten. Es hatte mich auch niemals ein Roboter mit einer schmutzigen Scheidungssache belästigt. Ich persönlich arbeitete gerne mit ihnen. Ich stellte hin und wieder eine Frage, nur um zu verhindern, dass meine Ohren einschliefen.

»Sie sagen also, Ihr Sohn wurde entführt. Was genau habe ich, technisch gesehen, unter dem Begriff Sohn zu verstehen?«

»Brian wurde nicht aus meiner Rippe gebaut, wenn Sie das meinen. Ich war ursprünglich dafür konzipiert worden, andere Roboter zu entwickeln. Neben meiner Tätigkeit für Stepford habe ich auf eigene Faust ein Modell gebaut. Ich habe ihn nach meinen eigenen Vorstellungen entwickelt, und er unterscheidet sich in vielen Dingen deutlich von dem, was Sie für Geld kaufen können. Auch Roboter haben manchmal gerne Gesellschaft.

Als ich Stepford vor achtundzwanzig Tagen verlassen habe, nahm ich ihn mit. Vor zwei Tagen ist er verschwunden, und ich kann keinen Kontakt zu ihm herstellen. Wäre er bei einem Unfall zerstört worden, hätte er automatisch ein Notsignal gesendet.«

»Warum haben Sie bei Stepford Industries gekündigt? War das überhaupt ohne Probleme möglich?«

»Ich habe nicht nur gekündigt, ich habe ihn verlassen. Nicht nur die Firma. Peter Stepford. Ich habe bei ihm gelebt. Ich war so etwas wie seine Privatsekretärin und Gesellschafterin. Ich wollte mein eigenes Leben führen. Auf Ihre zweite Frage: ja. Ich hatte einen normalen Arbeitsvertrag. Ich bin für meine Arbeit bezahlt worden, wenn auch nicht in der Höhe wie ein menschlicher Ingenieur. Ich habe eine eigene Wohnung, gewisse Rechte und eigene Bedürfnisse, auch wenn sich diese von den Ihren unterscheiden dürften. Wir Roboter sind keine Haushaltsgeräte.«

»Vor dem Gesetz seid ihr das. Juristisch gesehen handelt es sich also nicht um eine Entführung, sondern um Diebstahl. Möglicherweise auch um Sachbeschädigung.«

»Das ist mir bekannt. Aus diesem Grund wende ich mich nicht an die Polizei, sondern an einen – privaten Ermittler.«

Vor den letzten beiden Worten machte sie eine kurze Pause. Entweder hatte sie den Begriff erst kürzlich in ihren Wortschatz aufgenommen, oder sie wollte mir deutlich machen, dass ich nur ihre zweite Wahl gewesen war. Das kränkte mich nicht. Fast alle meine Klienten kamen erst zu mir, nachdem die Behörden ihnen nicht mehr weiterhelfen konnten. Oder wollten. Ich war die zweite Chance, die letzte Hoffnung. Wie ein Arzt mit einer Hinterhofpraxis, der Heilung versprach, wo es keine mehr gab.

Ich versprach nichts. Ich klärte meine neue Klientin über meinen Tagessatz auf und nannte ihr die Höhe meines Vorschusses. Sie zog das Geld abgezählt aus der Innentasche ihres Kleides. Offensichtlich hatte sie sich über mich informiert. Vielleicht hatte mich jemand empfohlen, so abwegig mir das auch erschien. Ich nahm das Geld und legte es, ohne nachzuzählen in die rechte Schublade meines Schreibtisches, damit sich die Spinne, die dort hauste, nicht so einsam fühlte. Danach spulte ich mein Standard-Repertoire an Fragen ab, und ich tat es so routiniert, als ob ich das jeden Tag machte.

»Haben Sie jemanden im Verdacht? Gibt es jemanden, der Ihnen schaden will? Haben Sie in den letzten Wochen jemandem auf die Füße getreten? Außer Ihrem ehemaligen – Arbeitgeber.«

»Die letzte Frage – nein. Ich vermute aber, dass sich Stepford durchaus durch meinen Weggang auf die Füße getreten fühlte, wie Sie es nennen. Ich halte es für relevant wahrscheinlich, dass er meinen Sohn entführt hat, um sich an mir zur rächen. Auch wenn das albern ist. Außerdem ist er der Einzige, der einen Nutzen aus der Sache ziehen kann. Mein Sohn unterlag nicht den Verträgen und Patentbestimmungen von Stepford Industries, aber vermutlich war Peter neugierig auf das, was ich in meiner Freizeit entwickelt habe.«

Während unserer gesamten Unterhaltung hatte sich meine neue Lieblingsklientin nicht mehr bewegt als ein Kaktus in der Wüste. Jetzt beugte sie sich vor und legte zwei Fotos vor mir auf den Tisch. Ihr Kleid, das sie geöffnet hatte, um mir meinen Vorschuss zu geben, weitete sich einen schmalen Spalt. Ich ertappte meine Augen dabei, wie sie versuchten, einen Blick in die Region zu werfen, die bisher nur ihren und den Augen ihres Konstrukteurs vorbehalten gewesen war. Das eine Bild zeigte einen Jungen von vielleicht zehn Jahren. Er war dunkelhaarig, hübsch und adrett. Ich fragte mich, wie lange ich diese Worte nicht mehr benutzt hatte. Er war ein wenig zu adrett. Er lächelte freundlich und dennoch zurückhaltend, und sein Blick war voller Freude und Dankbarkeit. Kein normaler Zehnjähriger würde so in eine Kamera blicken. Auf dem anderen Foto waren zwei Personen abgebildet. Ein Mann und eine Frau, die in einem prunkvoll ausgestatteten Wohnzimmer für ein Familienalbum oder eine Weihnachtskarte zu posieren schienen. In einem Sessel, der mehr gekostet haben musste als mein Wagen, saß Peter Stepford. Ich kannte sein Gesicht aus dem Fernsehen, aber ich hatte ihn selten so entspannt lächeln gesehen. Neben ihm stand Andrea. Sie trug ein rotes Kleid, das kurz und eng genug war, um mich zu überzeugen, dass es keine Aufnahme für eine Weihnachtskarte war. Sie hatte einen Arm um seine Schulter gelegt und lächelte. Ich griff nach meiner Flasche und goss mir einen kräftigen Schluck ein. Der Drink brannte in meiner Kehle, und er schien meine Aufmerksamkeit zu schärfen. Hinter dem Paar hing ein riesiges Ölgemälde an der Wand. Es zeigte Maria mit dem kleinen Jesus auf dem Arm. Das Bild war berühmt genug, dass ich es kannte, aber nicht so berühmt, dass ich wusste, wer es gemalt hatte. Seine Farben leuchteten mit den Augen der beiden Fotografierten um die Wette. Es sah aus wie frisch gemalt. Als ob man es dem Künstler nach dem letzten Pinselstrich noch feucht unter den Händen weggezogen und an die Wand genagelt hatte. Die Teppiche schienen tief genug zu sein, um einem Geländewagen Probleme zu bereiten, und die Möbel verbreiteten einen leisen Hauch von Luxus. Dabei machte das Interieur keinen unangenehmen Eindruck. Der Besitzer besaß offensichtlich nicht nur Geld, sondern auch Geschmack. Eine seltene Kombination. Ich warf einen Blick auf die andere Seite meines Schreibtisches und stellte fest, dass Peter Stepford und ich in zumindest einer Hinsicht denselben Geschmack besaßen. Es lag auf der Hand, wo ich meine Recherchen beginnen musste.

Das Stepford-Anwesen lag weit außerhalb der Stadt. Während die Kühlerhaube meines alten Fords brav die Mittelstriche der Landstraße schluckte, hatte ich Gelegenheit, mein Oberstübchen zu lüften. Dies war das erste Mal, dass mich ein Roboter engagiert hatte. Ich hatte schon des Öfteren mit ihnen zu tun gehabt, aber in der Regel nur in Form von Zeugen. Gelegentlich hatte sich auch ein hoch entwickeltes Modell am Ende als Täter erwiesen. Zwar konnten Roboter keine echten Gefühle empfinden, aber ihre Software war inzwischen so komplex, dass es mitunter kaum noch möglich war, von logischen Handlungen zu sprechen. Man hatte ihnen derart viele Informationen eingetrichtert, dass sie früher oder später über einen Widerspruch stolpern mussten, der sie zu irrationalen Handlungen führte. Die meisten Verbrechen, die von Robotern verübt wurden, basierten auf zwei Motiven: Selbsterhaltung oder Verbesserung der Lebensumstände. Das erste endete mit Körperverletzung und in seltenen Fällen mit Mord, wenn eine Maschine sich nicht damit abfinden wollte, dass ihre Laufzeit beendet war. Das zweite führte gewöhnlich zu Diebstahl oder Raub. Folglich gab es kaum Unterschiede zu menschlichen Verbrechen.

In diesem Fall schien die Sachlage klar zu sein: Etwas, das sich im Besitz meiner Klientin befunden hatte, war vermutlich entwendet worden. Wenn ich den Dieb fand, war mein Job erledigt. Jemand schien sich entweder für die äußerliche Schönheit oder die inneren, technischen Raffinessen des Blech-Jungen erwärmt zu haben. Ich hoffte, dass es das Zweite war. Ich hatte wenig Lust, mich mit einer Bande von Roboter-Pädophilen herumzuschlagen.

Ich bog in die Einfahrt zu Stepfords Anwesen. Ich hatte mich telefonisch angemeldet, und wie durch Zauberhand öffnete sich das schmiedeeiserne Gitter, noch bevor ich anhalten konnte. Eine geteerte Einfahrt führte über mehrere hundert Meter durch einen Park, der einem die Sinne betören konnte, wenn einem gerade danach war. Ich kam an einen künstlichen See und fuhr über einen schmalen Steg auf eine kleine, wahrscheinlich ebenso künstliche Insel, in deren Mitte ein vermutlich betrunkener Architekt eine Burg hingestellt hatte. Ich parkte meinen Wagen vor dem Hauptgebäude und erwartete, in der aufkommenden Stille meines sterbenden Motors Zikaden oder Frösche zu hören. Es war nicht die Jahreszeit für Zikaden, aber sie waren das erste Produkt von Stepford Industries gewesen und zierten in einer stilisierten Form noch immer das Firmenlogo. Es war jedoch nichts zu hören. Hinter mir wurde der Steg eingefahren wie eine riesige Ziehharmonika. Auch dies geschah vollkommen lautlos. Hätte die Sonne auf ihrem Weg über den Mittagshimmel ein Geräusch gemacht, wäre es das Einzige gewesen. Ich nahm mir etwas Zeit, um das Gebäude zu betrachten. Obwohl es kaum dreißig Jahre alt sein konnte, wirkte es wie aus einer vollkommen anderen Zeit. Es war groß und protzig und vereinte sämtliche Baustile der vergangen zweihundert Jahre. Die Mauer des Hauptgebäudes bestand aus roten Ziegeln. Die Seitenflügel waren aus Natursteinen gebaut. Zahlreiche betonierte Erker, Wintergärten und Balkone, die von mittelalterlichen Wasserspeiern und klassizistischen Statuen gesäumt waren, wurden abwechselnd von

Walm-, Flach- und Satteldächern bedeckt. Wenn die Fundamente nicht fest in der Erde verankert gewesen wären, hätte man kaum sagen können, wo oben und wo unten war. Es war unmöglich, dieses Haus schön oder abstoßend zu finden. Aber es war definitiv beeindruckend.

Um mich nicht zu sehr beeindrucken zu lassen, betätigte ich die Klingel. Im Inneren des Hauses war nichts zu hören, und auch draußen herrschte vollkommene Stille. Die Sonne zog ihre Bahn weiterhin stumm, und die Blätter der Bäume weigerten sich, in Ermangelung von Wind zu rascheln. Damit es nicht zu still wurde, hustete ich ausgiebig und klingelte erneut. Nachdem einige weitere windstille Ewigkeiten vergangen waren, öffnete mir ein Mann die Tür. Zuerst hielt ich ihn für einen eitlen, muskulösen Türsteher, der sich an der Garderobe seines Herrn vergriffen hatte. Allein das Gesicht verriet mir, dass es sich um Peter Stepford persönlich handelte. Ich überreichte ihm meine Karte. Er sah sie sich erst an, nachdem er einige Sekunden lang die Falten in meinem Gesicht studiert hatte.

»*Ray Krämer. Privater Ermittler.* Ich wusste nicht, dass es so etwas überhaupt noch gibt.«

»Es gibt so etwas. Es wird uns so lange geben, wie es Leute gibt, die glauben, dass sie uns brauchen.«

Stepford lächelte spöttisch und bat mich mit einer lässigen Geste herein. Ich ließ mich nicht lange bitten. Wir durchwandelten eine Empfangshalle und landeten schließlich in einem großen Salon, den ich als den Raum auf dem Foto wiedererkannte. Das Gemälde hing noch immer an seinem Platz, und ich fragte mich, ob es das Original war. Stepford hätte mühelos einen Roboter bauen können, der das Bild so exakt kopierte, dass man es lediglich an den verwendeten Materialien erkennen konnte. Aber Stepford war so reich, dass er genauso gut das Original kaufen konnte. Wenn er wollte, kaufte er sich das Museum, in dem es hing.

Stepford bot mir einen Drink an, den ich nicht ausschlug. Er hantierte ungeschickt mit einigen Flaschen herum, aber schließlich gelang ihm ein passabler Martini. Neben den Würfeln in unseren Gläsern schien sich auch eine dünne Schicht Eis zwischen uns auszubreiten. Ich beschloss, sie zu brechen.

»Ich hätte erwartet, dass es im Haus des Roboter-Pioniers Peter Stepford Horden von Robotern gibt, die sich um solche lästigen Kleinigkeiten kümmern.«

»Horden? Ich besitze eine ganze Armee von nützlichen Helfern! Im Moment habe ich sie in einen Faradayschen Käfig im Keller gesperrt, da ich mein Haus nach versteckten Abhöranlagen durchsuchen lasse und sie die Messergebnisse verfälschen würden. Ich mache das jeden Monat.«

»Sie sind ein vorsichtiger Mann. Ich habe bereits Ihren Wassergraben bewundert. Soll er verhindern, dass Ihre Helferlein ausbüxen?«

»Seien Sie nicht albern. Roboter sind heutzutage so wasserdicht wie Sie und ich. Sie müssen nicht einmal Luft holen, bevor sie untertauchen. Ich habe mehr Angst vor Personen, die sich unerlaubt Einlass verschaffen wollen, als vor unerwartet abreisenden Hausangestellten.«

»Dennoch scheint Ihnen kürzlich eine Angestellte abhandengekommen zu sein. Sie hat regulär gekündigt, wie sie mir versichert hat. Sie schienen nicht gerade erfreut darüber zu sein.«

»Andrea?«

Seine Augenbrauen hoben sich einen oder zwei Millimeter. Meine blieben, wo sie waren. Stattdessen nickte ich.

»Sie hat mich weder verlassen noch hat sie gekündigt. Ich habe sie hinausgeworfen! Um es formal korrekt zu formulieren: Ich habe ihr gekündigt.«

»Gab es dafür einen bestimmten Anlass?«

Anstelle einer Antwort hörte ich, wie sich eine Tür öffnete. Eine Frau in einem Morgenmantel trat ein, gönnte uns einen flüchtigen Blick und machte sich dann an der Bar zu schaffen. Sie schien mehr Übung darin zu haben als Stepford.

»Herr Krämer, darf ich Ihnen meine Frau vorstellen? Ines, das ist Ray Krämer. Er ist Detektiv.«

Sie drehte sich ohne Hast um und nickte mir kurz zu, dann verschwand sie wieder durch die Tür, durch die sie gekommen war. Sie war das, was man allgemein als attraktiv bezeichnete, und sie war jung. Sie hätte Stepfords Tochter sein können. Sie wirkte ein wenig verhuscht, als ob sie sehr schüchtern oder ein wenig verstört war. Vielleicht war sie auch nur so rücksichtsvoll, ihren Mann nicht bei einer geschäftlichen Besprechung zu stören. Sie schien die Art von Frau zu sein, die reichen Männern in Stepfords Alter manchmal zulief. Die entweder nur hinter ihrem Geld her waren – oder auch nicht. Jedenfalls war sie kein Roboter. Da gerade niemand kam oder ging, nutzte ich die Zeit, um nachzudenken. Schließlich fiel der Groschen.

»Sie hat Andrea vermutlich nicht besonders gemocht?«

»Wir sind seit einem halben Jahr verheiratet, und mein Leben hat sich seitdem stark verändert. Zum Guten, nur zum Guten. Aber Sie haben recht. Sie hat in Andrea eine Konkurrentin gesehen, obwohl es dafür keinen Grund gab. Andrea war meine Sekretärin, und bevor ich Ines kennenlernte, hat sie mich zu gesellschaftlichen Ereignissen begleitet. Wir haben viel Zeit miteinander verbracht, aber ich habe mich noch nie zu einem

Roboter hingezogen gefühlt. Wahrscheinlich, weil ich weiß, wie sie unter ihrer Haut aussehen.«

»Vielleicht braucht eine Frau keinen rationalen Grund, um eine andere attraktive Frau zu hassen.«

»Ines hat sie nicht gehasst. Sie hat sich – unwohl gefühlt. Für mich ist es eine Selbstverständlichkeit, mich mit Robotern zu umgeben, aber für manche Menschen hat es immer noch etwas Bedrohliches. Andrea musste wegen ihres hohen technischen Status arbeitsrechtlich wie ein menschlicher Angestellter behandelt werden. Ich habe sie fristgerecht entlassen und ihr eine angemessene Abfindung mitgegeben. Das war alles. «

»Wie hat sie darauf reagiert?«

Stepford seufzte in sein Glas, bevor er es in einem Zug austrank.

»Nicht gut. Sie war sehr emotional. Der Unterschied zu einer enttäuschten Geliebten war nicht sehr groß.«

»Emotional? Was meinen Sie damit?«

Stepford nahm unsere leeren Gläser und füllte sie erneut. Diesmal ging es ihm bereits leichter von der Hand.

»Roboter haben selbstverständlich keine menschlichen Gefühle. Aber sie besitzen ein starkes Zusammengehörigkeitsgefühl. Das ist notwendig, damit sie ihren Platz in der Gesellschaft finden können. Sie müssen wissen, wessen Anweisungen sie ausführen müssen und wem sie selbst welche erteilen dürfen, wenn es notwendig ist. Sie sind in dieser Hinsicht wie Wölfe oder wilde Hunde, die ihren festen Platz im Rudel brauchen. Ich habe Andrea von ihrem Platz entfernt, und ich habe die Auswirkungen unterschätzt. Sie hat mich beschimpft und einige Haushaltsroboter beschädigt. Ich bin allerdings davon überzeugt, dass sie sich beruhigen wird, sobald sie ein neues Rudel gefunden hat. Sie ist intelligent und anpassungsfähig. Sie wird klarkommen.«

»Was wissen Sie über ihren Sohn?«

Stepford setzte die Gläser so hart ab, dass einige wertvolle Spritzer in den Untiefen des Teppichs versickerten.

»Ihr Sohn? Wissen Sie, wie sie ihn mir gegenüber bezeichnet hat? Unser Sohn! Ich hatte ihr den Auftrag gegeben, einen Roboter vollkommen nach ihren eigenen Wünschen und Bedürfnissen zu konstruieren. Ich weiß nicht, ob ich sie nur beschäftigen und von mir und Ines fernhalten wollte oder ob ich ihr damit unsere bevorstehende Trennung versüßen wollte. Jedenfalls hatte ich nicht damit gerechnet, dass sie es als einen gemeinsamen Kinderwunsch auffassen würde. Als sie mir Brian vorstellte, bin ich beinahe in Ohnmacht gefallen!«

Ich stellte mir vor, wie Stepford sich theatralisch auf den knietiefen Teppich fallen ließ, während sich Ines und Andrea besorgt über ihn beugten und Nettigkeiten austauschten.

»Er war ein schöner Roboter. Er war kaum von einem normalen Zehnjährigen zu unterscheiden. Andrea hatte all ihr Können und mehrere hundert Arbeitsstunden investiert. Brian war dynamisch ausgelegt, was bedeutet, dass man ihn ohne größere Eingriffe modifizieren konnte. Man konnte ihn wachsen und altern lassen. Er hätte die perfekte Illusion eines echten Kindes dargestellt. Ich selbst habe noch nie einen Roboter gesehen, der natürlicher und einem Menschen ähnlicher war als dieser!«

»Und natürlich hat Brian nicht ihr geschäftliches Interesse geweckt. Sie sind nicht vielleicht auf die Idee gekommen, Andreas Konstruktionspläne für ihr Unternehmen zu verwenden?«

Stepfords Blick zeigte jene Mischung aus Überraschung und Abscheu, die ich schon häufig gesehen hatte. Meistens, wenn ich auf der richtigen Spur war. Mein

Gefühl sagte mir, dass es dieses Mal nicht so war. Stepford nahm einen großen Schluck aus seinem Glas.

»Auch wenn es nicht in Ihr Weltbild passt: Ich habe genug Geld. Selbst wenn ich mir jede Woche ein neues Haus kaufen würde und mir in jede neue Garage einen Ferrari stellen ließe, würde ich dies am Ende des Monats auf meinen Kontoauszügen kaum bemerken. Ich kann mir alles kaufen, was es zu kaufen gibt: Häuser, Autos, Roboter, Frauen und Politiker. Wenn mir morgen danach ist, kaufe ich eine Schweizer Bank. Ich habe es nicht nötig, etwas zu stehlen. Auch kein geistiges Eigentum. Ich kaufe jeden Tag Ingenieure und Patente – wie andere Leute Zigaretten. Ich überfliege einmal in der Woche die Berichte über meinen Besitz, und so leid es mir tut, ich empfinde keine besondere Befriedigung dadurch. Ich empfinde auch keinerlei Gier nach mehr. Ich habe endlich, nach vielen Jahren, eine Frau gefunden, die ich liebe und die es auch mit mir auszuhalten scheint. Alles andere interessiert mich nicht mehr als der australische Aktienindex.«

»Schön gesagt. Ich hab's Ihnen beinahe abgenommen. Aber ich habe in ihrer Beichte noch zu wenig über Brian gehört. Angenommen, Sie hätten tatsächlich kein finanzielles Interesse an ihm, und Sie teilten auch nicht Andreas Sichtweise eines gemeinsamen Sohnes – oder Produktes. Interessiert es Sie denn überhaupt nicht, was aus ihm geworden ist? Sie könnten mir dabei helfen, es herauszufinden.«

Ich hatte nicht erwartet, Stepford übermäßig zu beeindrucken, aber ich hatte zumindest nicht damit gerechnet, dass er laut loslachte. Er spuckte einen Mundvoll Martini über den Tisch und prustete und schnaufte wie ein asthmakrankes Walross. Dann fing er sich erstaunlich schnell wieder, wie jemand, der es gewohnt war, seine Gefühle in den Griff zu bekommen und sie ohne viel Aufhebens unter den Tisch zu kehren.

»Sie tauchen hier auf, machen einen auf dicke Hose, wenn Sie mir den Ausdruck erlauben, und wissen nicht einmal, was mit Brian passiert ist? Sie sind großartig! Großartig!«

Ohne zu fragen, sprang er auf und mixte uns zwei weitere Drinks. Er schien mich hauptsächlich hereingebeten zu haben, um nicht alleine trinken zu müssen. Ich versuchte, kein allzu dummes Gesicht zu machen, aber aus den leidvollen Erfahrungen, die ich jeden Morgen vor dem Spiegel machte, wusste ich, dass es ein erfolgloser Versuch war. Stepford reichte mir mein Glas und ließ sich in seinen Sessel fallen.

»Sie hat es Ihnen also nicht gesagt? Natürlich nicht, sonst wären Sie vermutlich nicht hier. Brian ist tot! Er wurde deaktiviert, wenn Ihnen dieser Ausdruck besser gefällt. Die Tatsache, dass ich keinerlei finanzielles Interesse an Andreas Schöpfung hatte und ich sie aus meinem Leben verbannt habe, bedeutet nicht, dass ich mich nicht mehr um ihr Schicksal gekümmert habe! Ich habe sie beobachten lassen. Ich habe allerdings keinen Detektiv engagiert. Mit Verlaub, so etwas habe ich nicht nötig! Ich habe alle Firmen, die mir unterstehen, angewiesen, mir zu berichten, wenn sie etwas über den Verbleib von Brian oder Andrea erfahren. Jeder Roboter ist gezwungen, sich hier und da registrieren zu lassen. Sie können in einen Supermarkt gehen und eine Flasche Whiskey kaufen, ohne dass es jemanden interessiert. Ein Roboter muss in einem vergleichbaren Fall seine ID hinterlegen und hinterlässt Spuren. Ich will es nicht allzu spannend machen: Brian wurde nicht einfach getötet. Er wurde verschrottet. Eine Recycling-Gesellschaft, die mir untersteht, schickte mir eines Morgens einen entsprechenden Bericht. Abgesehen davon, dass der Robot vollkommen unbeschädigt und funktionsfähig war, gab es keine Auffälligkeiten. Wenn der rechtmäßige Eigentümer sein Einverständnis erklärt, steht einer Entsorgung für gewöhnlich nichts im Weg. Und es gab in diesem Fall keine Zweifel.«

Ich stand ein wenig auf dem Schlauch, und ausnahmsweise war es mir egal, dass man es mir anmerkte.

»Und der rechtmäßige Eigentümer kann natürlich nur ...«

»... Andrea gewesen sein. Natürlich. Fragen Sie mich nicht nach dem Warum, aber sie hat ihren sogenannten Sohn selbst hingerichtet. Da sie es in einer meiner Firmen getan hat, nehme ich an, dass sie sich damit an mir rächen wollte. Obwohl sie wissen sollte, dass es mich emotional nicht mehr berühren würde als sie. Roboter ticken nun einmal anders als Sie und ich. Es hat lange gedauert, bis ich mich damit abgefunden habe, aber ich habe es. Falls Sie mir nicht glauben, kann ich Ihnen jederzeit Kopien der entsprechenden Unterlagen zukommen lassen.«

Mein Gehirn rotierte wie eine Waschmaschine, die mit ein paar Dutzend einzelnen Socken gefüllt war. Die Maschine schien schwere Arbeit zu verrichten, aber sie war nicht in der Lage, die Einzelteile zusammenzusetzen. Irgendetwas stimmte nicht, aber ich war mir nicht mehr sicher, ob mich das überhaupt etwas anging. Ich hatte meinen Vorschuss in der Tasche und einen Auftraggeber, der mich offensichtlich an der Nase herumführen wollte. Bis auf den Vorschuss war dies nichts grundlegend Neues. Ich musste dringend ein wenig frische Luft in meinen Schädel und ein paar Meter zwischen mich und Peter Stepfords monumentales Anwesen und die darin gereichten Drinks bringen. Je früher, desto besser. Da mir nichts Schlagfertiges einfiel, trank ich aus, reichte

Stepford wortlos meine Hand und fand schließlich den Ausgang ohne Hilfe.

Die Sonne hatte bereits ein gutes Stück ihres schweren Weges zurückgelegt, als ich ins Freie trat. Ich betrachtete meinen Wagen, der mich anstarrte, als ob er mich noch nie zuvor gesehen hätte. Ich stieg ein und gähnte ausgiebig. Ein Vogel pfiff aus Langeweile vor sich hin, während ich darauf wartete, dass Stepford den Steg, der seine kleine Insel mit dem Park verband, wieder ausfuhr. Nichts geschah. Ich kurbelte das Seitenfenster herunter und versuchte das Pfeifen des Vogels zu imitieren. Es gelang mir nicht besonders gut. Ich befeuchtete meine Lippen und wollte gerade zu einem neuen Versuch ansetzen, als ein Schuss unser Duett beendete. Es hörte sich an, als ob im Haus ein großer Luftballon geplatzt war, aber ich hatte das Geräusch oft genug gehört, um es zu erkennen. Noch bevor ich einen klaren Gedanken fassen konnte, war ich bereits auf den Beinen und lief zum Haus zurück. Weitere Schüsse bellten mir von drinnen entgegen. Ich hatte beim Gehen die Tür angelehnt gelassen, und ich fragte mich, ob mein Unterbewusstsein manchmal mehr wusste, als es mir gegenüber zugeben wollte. Ich riss die Tür auf und stürzte durch die Halle in den Salon. Dort empfing mich die auf dem Boden zusammengekrümmte Leiche Peter Stepfords, die den Teppich mit ihrem Blut tränkte. Er hielt noch immer sein Glas umklammert, und sein letzter Gesichtsausdruck zeigte eine Mischung aus Überraschung und Resignation. Andrea stand mitten im Raum wie eine Statue, die man noch nicht an ihren vorgesehenen Platz gestellt hatte. Sie trug noch immer das Kleid vom Vormittag. Es klebte vollkommen durchnässt an ihrem Körper und ließ nur noch wenig Spielraum für Fantasie. Sie musste durch den See geschwommen sein. Vielleicht war sie auch auf seinem Grund entlang spaziert. Mit ihrer linken

Hand strich sie sich die nassen Haare aus dem Gesicht, während sie in der anderen die Waffe hielt, mit der sie Stepford erschossen hatte. Ihr Gesichtsausdruck veränderte sich nicht, als sie mich sah, aber ich war davon überzeugt, dass sie überrascht war.

»Ray. Du bist noch hier.«

Die Situation war so intim, dass wir bereits beim Du angekommen waren. Ohne zu wissen was, wollte ich gerade etwas sagen, als sich eine Tür im hinteren Bereich des Salons öffnete. Stepfords Frau trat ein, und nach einigen Sekunden, die sie benötigte, um die Situation zu erfassen, kreischte sie los. Andrea drehte sich gerade so weit, wie es nötig war, um auch ihr ein schwarzes Loch in der Stirn zu verpassen. Dann ließ sie die Pistole fallen und sah in meine Richtung. Sie sah aus, als ob sie etwas sagen wollte, aber sie sagte zunächst nichts.

»Andrea.«

»Ich würde gerne behaupten, dass es nicht so ist, wie es aussieht. Aber ich fürchte, das kann ich nicht.«

Ihre Mundwinkel wurden von der Erdanziehungskraft ergriffen, und ihre Wimpern zitterten. Ihr gesamtes Gesicht schien zu schmelzen, als eine Flüssigkeit ihre Wangen hinunter floss. Sie weinte. Ich hatte schon menschliche Frauen gesehen, bei denen das weniger glaubhaft ausgesehen hatte. Ich näherte mich ihr vorsichtig, und es gelang mir dabei, die Pistole mit meinem Fuß wegzustoßen. Vermutlich gab es bestimmte Verhaltensregeln, die man in einem solchen Fall befolgen sollte, aber mein Gehirn schien aus feuchter Watte zu bestehen. Andrea umarmte mich, tränkte meinen Mantel mit ihren künstlichen Tränen, und ich ließ es zu. Ihr Körper vibrierte und schien von tiefem inneren Schmerz geschüttelt zu werden. Ich presste sie so fest an mich, wie ich konnte. Sie erwiderte den Druck und schlang ihre Arme um meine Schultern. Ihre Hände wanderten zu-

nächst zögernd, dann als sie merkte, dass ich mich nicht
wehrte, fordernd über meinen Rücken. Wir waren uns so
nahe, wie sich zwei fremde Wesen sein konnten. Dann
kamen wir uns noch näher. Ihre Lippen auf meinen waren weich und warm. Die Hände auf meinem Rücken
kraulten mich wie einen alten Kater. Ich versuchte, nicht
an das Metallskelett unter der weichen Haut zu denken.
Ich verstand jetzt, warum sich manche Männer mit Roboter-Ladys einließen. Zeit verstrich, und aus einiger
Entfernung betrachtet änderte sich nichts. Aber ich kam
wieder zu Verstand. Ich war keiner dieser Typen. Ich
löste Andreas Griff und schleuderte sie von mir weg. Sie
prallte gegen einen Schrank und ein Geräusch erklang,
als ob jemand mit einer Eisenstange gegen einen Baum
geschlagen hatte. Ich weiß nicht, warum ich so grob zu
ihr war. Vielleicht, weil ich wusste, dass sie keinen
Schmerz empfinden konnte. Einen Augenblick glaubte
ich, so etwas wie Angst in ihren Augen zu sehen, dann
verwandelte sich der Ausdruck in Ratlosigkeit. Ich beschloss, sie in meine Gedankengänge einzuweihen.

»Du hast gewusst, dass ich hier bin!«

»Stepford war die einzige heiße Spur. Natürlich war
mir klar, dass du früher oder später hier auftauchen
würdest. Ich war aber überrascht, dass du jetzt hier bist.
Ich habe deinen Wagen überhaupt nicht gehört.«

Sie fing sich sehr schnell, wenn man menschliche
Maßstäbe ansetzte. Bis zu diesem Augenblick hatte ich
nicht geglaubt, dass ein Roboter scheinheilig aus der
Wäsche gucken konnte. Andrea konnte es.

»Stepford hatte die Brücke nach meiner Ankunft
eingefahren. Du solltest so etwas wissen, nachdem du
mehrere Jahre mit ihm zusammengelebt hast. Du wusstest, dass ich hier gewesen bin. Du hast lediglich gedacht,
dass ich mich bereits wieder auf der Rückfahrt befinde!«

Während ich sprach, wurde die Watte in meinem Kopf allmählich trocken.

»Du hast mich hierher gelockt, damit man eine fremde DNA bei der Leiche finden würde. Meine DNA! Du hast einen Sündenbock gebraucht. Und beinahe hätte ich einen ausgezeichneten abgegeben!«

Mir war beinahe danach, sie zu schlagen, aber ich vermutete, dass ich mir dabei mehr wehtun würde als ihr. Ich war mir auch nicht sicher, wie stark sie tatsächlich war. Sie machte keinen aggressiven Eindruck, aber sicherheitshalber hob ich die Pistole vom Boden auf. Einen Augenblick zu spät wurde mir bewusst, dass nun meine Fingerabdrücke auf der Waffe waren. Ausschließlich meine. Roboter hinterließen keine. Es gibt Tage, an denen ich statt meines Gehirns ein Bündel Stroh unter der Schädeldecke zu haben scheine. Falls Andrea sich über meinen Fehler im Klaren war, ließ sie es sich zumindest nicht anmerken. Sie sah mich weiterhin ratlos an. Ich erwog die Möglichkeit, dass sie es tatsächlich war. Die Möglichkeit wog nicht allzu schwer, aber immerhin. Roboter konnten die unglaublichsten Dinge anstellen, wenn die von ihren Sensoren aufgenommenen Informationen nicht zueinanderpassten. Warum sollten sie nicht auch gelegentlich ratlos und unentschlossen sein?

»Was genau war dein Plan? Wolltest du Stepford und seine Frau um die Ecke bringen, warten, bis ich auftauche, und dann mir alles in die Schuhe schieben? Was für ein Motiv hätte ich deiner Meinung nach haben sollen? Eifersucht? Der gleiche Grund, warum du Stepford erschossen hast?«

Ich versuchte mich an einem spöttischen Lächeln. Ich hatte das mehrfach vor dem Spiegel geübt, und ich war gar nicht einmal schlecht. Andrea war davon wenig beeindruckt, aber zumindest verschwand der ratlose

Ausdruck aus ihrem hübschen Gesicht. Sie lächelte nun ebenfalls, und es war ein freundliches Lächeln.

»Ich hatte gedacht, dass ich euch Menschen endlich verstanden hätte. Dass ich weiß, was euch bewegt und wie ihr handelt. Aber dann kommen Menschen wie Peter und du, und ich muss erkennen, dass ich nichts verstanden habe! Warum denkt ihr immer so kompliziert? Ich habe Stepford nicht aus Eifersucht erschossen. Nicht, weil ich nicht in der Lage wäre, dieses Gefühl zu empfinden. Ich kann es sehr wohl, auch wenn es sich vermutlich anders anfühlt als bei euch Menschen. Es gleicht bei mir dem Verdacht auf Vertragsbruch, aber dennoch ist es ein sehr starkes Gefühl. Nein, Peter und ich waren kein Liebespaar. Wir waren Geschäftspartner. Ich habe ihm in den letzten Jahren geholfen, seine Firma voranzubringen. Ich habe eine Menge Drecksarbeit für ihn erledigt und einige Dinge unter den Teppich gekehrt, die sich in der Presse nicht besonders gut gemacht hätten. Dafür hat er mir versprochen, mich zu einer gleichwertigen Teilhaberin zu machen. Als Ines auftauchte, wollte er davon plötzlich nichts mehr wissen.«

»Und welche Rolle spielte Brian bei dem Ganzen?«

»Er war mein wichtigstes Projekt. Peter hatte mir freie Hand gelassen, und ich habe ein kleines Wunderwerk erschaffen. Einen kleinen, wohlerzogenen Jungen, der langsam altert – oder ewig zehn Jahre alt bleibt, wenn man es will. Der niemals Drogen nehmen oder kriminell werden und immer Mamas Liebling bleiben wird. Wir hätten hunderttausend Brians verkaufen können! Der Bedarf ist da, glaub mir! Aber nachdem Peter geheiratet hatte, verlor er nicht nur das Interesse an Brian, er interessierte sich immer weniger für die Firma. Nachdem ich ihn mehrmals darauf angesprochen hatte, gab er mir meine Papiere und eine lächerliche Abfindung. Für ihn war damit alles erledigt.«

Es gab zumindest eines, was Roboter mit uns Menschen gemeinsam hatten. Die Gier nach Geld. Niemand hatte sie ihnen einprogrammiert. Sie schien die erste Regung gewesen zu sein, die sie eigenständig entwickelt hatten. Dazu kam noch Rache. Oder etwas Ähnliches. Vielleicht war es für Andrea die angemessene Reaktion auf einen besonders schweren Vertragsbruch.

»Wegen einer zu niedrigen Abfindung hast du zwei Menschen erschossen? Du weißt, was das bedeutet. Und ich dachte immer, ihr Roboter handelt nicht nur größtenteils rational, sondern habt auch einen starken Selbsterhaltungstrieb!«

»Ich besitze nicht nur Ratio und Triebe. Die Bandbreite meiner Empfindungen ist größer, als du es dir anscheinend vorstellen kannst. Es tut mir leid, Ray.«

»Das macht die beiden auch nicht wieder lebendig.«

»Das meine ich nicht. Stepford und sein Püppchen sind mir egal. Es tut mir leid, dass ich dich mit reingezogen habe. Ich hatte mich umgehört und erfahren, dass du es dir nicht leisten kannst, einen Auftrag abzulehnen. Ich war mir sicher, dass du noch am selben Tag zu Stepford fahren würdest.«

»Warum hattest du es so eilig? Er hat dich schließlich bereits vor vier Wochen rausgeworfen.«

»Ich kann die Alarmanlage umgehen, aber die Haushaltsroboter hätten meine Anwesenheit registriert. Peter schaltet sie einmal im Monat für wenige Stunden ab, um sein Sicherheitssystem zu überprüfen. Das war meine einzige Chance, unbemerkt ins Haus zu gelangen. Ich vermute, dass dies für dich unglaublich kaltblütig und berechnend klingen muss.«

»Den Mann zu erschießen, dessen Geschäftspartner man werden wollte und der der einzige Mensch ist, dem man unter Umständen noch ein wenig Geld abnehmen könnte, klingt für mich nicht nach einer seriösen Rechnung. Und ich kann es nicht ausstehen, wenn man mich in eine Sache verwickeln und mich zum Sündenbock machen will.«

»Du warst nur als temporärer Sündenbock eingeplant. Und selbst das tut mir leid.«

»Temporär?«

»Ich hätte nur ein wenig Zeit gebraucht, um unterzutauchen. Nach einigen Korrekturen an meiner äußeren Erscheinung und der Auswechslung meiner ID hätte ich der Polizei Beweise für deine Unschuld zukommen lassen. Ich wollte keinem Unbeteiligten schaden. Ich bedauere sogar beinahe, dass ich Ines erschossen habe.«

Aus irgendeinem Grund glaubte ich ihr. Aber das spielte keine Rolle.

»Du solltest deine rührende Geschichte dem Richter erzählen, nicht mir.«

Wir wussten beide, wie er entscheiden würde. Wenn ich in den nächsten Monaten einen neuen Auspuff für meinen Ford kaufte, konnte es sein, dass er zu einem guten Teil aus Andreas Innereien bestand. Es war schwer einzuschätzen, wie sie mit dieser Tatsache umging. Sie schien begriffen zu haben, dass ich sie nicht würde laufen lassen. Der Selbsterhaltungstrieb von Robotern war unglaublich stark. Ich war einmal dabei gewesen, als einer deaktiviert wurde. Es war kein schöner Anblick gewesen. Ich fragte mich, ob ich die Kraft aufbringen würde, auf dieses wunderschöne Wesen zu schießen, wenn es zum Äußersten kam, und ob die Pistole ausreichen würde, um sie zu stoppen. Glücklicherweise erlöste mich Andrea von diesen Fragen.

»Ich werde vor keinen Richter treten. Ich hatte einen Plan B, der für uns beide einigermaßen akzeptabel gewesen wäre, aber dafür ist es vorläufig zu spät. Vielleicht kann ich noch etwas für dich tun, aber ich kann es nicht versprechen.«

Plötzlich schien das Haus zum Leben zu erwachen. Von überallher ertönten summende Geräusche und das sanfte Schnurren kleiner Elektromotoren. Die Haushaltsroboter hatten ihre Quarantäne im Keller absolviert und suchten nun nach ihrem Gebieter, um neue Befehle zu empfangen. Einige von ihnen waren so dumm wie das Brot, das sie zu schneiden hatten, aber andere würden erkennen, was passiert war und die Behörden verständigen. Andrea reagierte schneller als ich.

»Machs gut, Ray! Du bist eigentlich ein netter Kerl!«

Sie stürzte aus der Tür und stieß dabei einen heranrollenden Gießroboter zur Seite. Das schwere Gerät hob beinahe ab und krachte gegen eine Wand, woraufhin sein Tank platzte und sich das auslaufende Wasser mit Stepfords und Ines' Blut mischte. Ich wollte Andrea folgen, aber ich glitt in der Schmiere aus und verlor einige wertvolle Sekunden. Als ich nach draußen kam, war sie verschwunden. Ich hörte ein klatschendes Geräusch und sah, wie sich die Oberfläche des Sees kräuselte. Während ich langsam um das Haus ging und das andere Ufer nach Andrea absuchte, folgten mir immer mehr Haushaltsroboter. Etwas, das wie eine Brotbackmaschine auf Rädern aussah, fuhr mir fortwährend gegen das Schienbein, bis ich das Ding packte, auf den Kopf stellte und ihm drohte, es im See zu versenken. Danach hatte ich ein wenig Ruhe. Das Gelände um das Anwesen war auf beiden Seiten des Sees sehr übersichtlich und ich musste Andrea sehen, wenn sie aus dem Wasser stieg. Aber ich sah sie nicht. Ich stand dort und starrte mir die Augen aus dem Kopf, bis die Polizei erschien, die zweifellos von einem der rollenden Blechhaufen gerufen worden war.

Ich tat mich schwer, die Beamten von meiner Geschichte zu überzeugen. Die Tatsachen bestanden aus zwei Leichen und einer Waffe mit meinen Fingerabdrücken. Das Fehlen eines als Täter infrage kommenden Roboters und mein in jahrelanger Arbeit mühsam erworbener schlechter Ruf bei den Behörden taten ihr Übriges. Ich bekam ein vergittertes Appartement auf Staatskosten, und es dauerte Tage, bis man sich entschloss, das Wasser des Sees abzulassen. Ich vermutete, dass Andrea dort unten gewartet hatte, bis die Polizei wieder verschwunden war und inzwischen längst über alle Berge war. Ich war mehr als überrascht, als meine Zellentür eines Morgens aufgesperrt wurde und der diensthabende Beamte mich leicht zerknirscht anlächelte.

»Sieht so aus, als ob Sie uns ausnahmsweise nicht angelogen haben, Krämer. Wir haben die Blechbraut gefunden. Hübsches Ding.«

»Sie war noch dort unten?«

»Jo. Und wie. Aber nicht absichtlich. Hat wohl beim Absprung vom Ufer zu viel Anlauf genommen und ist so tief in den Schlamm am Grund eingesunken, dass sie sich nicht mehr selbst befreien konnte. Hat anscheinend ne ganze Menge Wirbel dort unten verursacht. Als sie gemerkt hat, dass sie's nicht schafft, hat sie noch ein paar Infos in ihren festen Speicher verschoben und sich dann selbst deaktiviert. Eigentlich sollt' ich's Ihnen nicht geben, aber scheiß drauf, es war an Sie adressiert. Hier – lesen Sie's und sagen Sie niemandem, dass Sie's vom alten Willie haben.«

Er reichte mir den zerknüllten Ausdruck einer Textdatei.

»hallo ray. es tut mir leid dass ich dich in diese sache hineingezogen habe. ich habe in einer zweiten datei alle fakten abgelegt die dich entlasten werden. ich wünschte wir hätten uns unter anderen umständen kennengelernt. ich wünschte ich wäre keine maschine und hätte eine faire chance gehabt. ich hatte viel zeit hier unten. ich habe das meiste was ich gespeichert habe wieder gelöscht. du bist ein wirklich anständiger kerl das fühle ich. glaub mir das kann ich. vergiss mich nicht und verzeih mir. andrea«

Ich ging in eine Bar, um mir den Geschmack der Gefängniskost aus dem Mund zu spülen. Nachdem mir das halbwegs gelungen war, las ich den Zettel nochmals und fasste einen Entschluss.

Am nächsten Tag machte ich den Behörden erneut meine Aufwartung und bat darum, mir nach Ende der Untersuchung Andrea zu überlassen. Zu meiner Überraschung willigten sie ein. Wahrscheinlich befürchtete man, dass ich Ärger machen würde, weil man mich trotz der entlastenden Aufzeichnungen einige Tage festgehalten hatte. Noch am selben Tag lud ein gewöhnlicher Kurierdienst ein großes Paket vor meiner Haustür ab. Ich schleppte es in meine Wohnung und packte es aus. Sie hatten Andrea gereinigt. Nichts deutete mehr darauf hin, dass sie mehrere Tage im Schlamm von Stepfords Wassergraben verbracht hatte. Sie war wunderschön. Unbeweglich, kalt und tot, aber schön. Man hatte ihr sämtliche Prozessoren entfernt, wie mir in einem formlosen Schreiben mitgeteilt wurde. Das war nicht wichtig für mich. Ich wickelte ihren Körper in die besten Bettlaken ein, die ich finden konnte, und trug sie in die Garage. Mein Ford ging ein wenig in die Knie, als ich sie in den Kofferraum legte.

Einer der wenigen Vorteile meines Berufes ist, dass man alle möglichen Leute kennenlernt. Ich kannte einen Pfarrer, der mir noch einen Gefallen schuldig war, und der im Austausch gegen ein Bündel Geld bereit war, gewisse Dinge in die Wege zu leiten.

Es war eine schöne Beerdigung. Die Trauergäste bestanden hauptsächlich aus der Familie des Pfarrers und einigen Passanten, die auf einen kostenlosen Imbiss spekulierten. Der Regen tauchte uns alle in ein schmutziges Grau, und der Wind blies die Worte des Pfarrers über den Friedhof. Der Sarg senkte sich in die Grube, und ich war der Erste und Einzige, der eine Schippe Erde hinein warf. Die traurige Gesellschaft zerstreute sich, und während ich noch einige Minuten grübelnd am Grab stand, kamen die Friedhofsarbeiter mit einem kleinen Bagger und schütteten das Loch zu. Ich fand, ich hatte den Vorschuss, den ich von Andrea bekommen hatte, gut angelegt.

Am Nachmittag ging ich in mein Büro. Die Tür klemmte noch immer, und der Staub auf dem Boden glich einer bemoosten Waldlichtung. Ich ließ mich auf meinen Stuhl fallen und griff zielsicher nach der richtigen Flasche. Das Telefon klingelte. Ich ließ es klingeln.

ENDE

Der Roboter im See entstand bereits 2007. Die Story ist eine kleine, demütige Verbeugung vor Raymond Chandler und seinen wunderbaren Geschichten und Romanen.

Die hier publizierte Fassung wurde noch einmal gründlich überarbeitet und ist eine Erstveröffentlichung.

DUMB DUST

Bei Nacht war das Gebäude wunderschön. Die glatte Betonfassade wirkte in der Dunkelheit beinahe warm, und die Fenster, die bei Tag an schwarze Zahnlücken erinnerten, reflektierten das Mondlicht wie Christbaumkugeln den Kerzenschein. Thorsten Forest war stolz auf seine Arbeit. Er hatte gut geplant und beizeiten Druck gemacht, sodass die Arbeiten an der NanoMed-Klinik bereits einen Tag eher als geplant abgeschlossen waren. Morgen war die Abnahme durch die Investoren, und dies war die letzte Gelegenheit für den Architekten, das Gebäude alleine auf sich wirken zu lassen. Noch waren einige Stunden Zeit, um einen Handwerker aus dem Bett zu klingeln und ihn für einen horrenden Stundensatz letzte Ausbesserungen vornehmen zu lassen. Forest machte sich keine Sorgen, dass etwas Größeres übersehen worden war, aber häufig steckte der Teufel im Detail.

Er war vollkommen allein. Da die Klinik mitten auf dem weitläufigen Gelände des NanoMed-Konzerns stand, das streng bewacht wurde, war nicht einmal ein Mitarbeiter des Wachdienstes zu sehen. Forest hatte die Erlaubnis hier zu sein, dennoch fühlte er sich ein wenig wie ein Einbrecher. Er öffnete die kleine Klappe neben der Tür, legte seinen Zeigefinger auf den Scanner und wartete darauf, dass ein Laser sein Auge abtastete. Nichts geschah. Man hatte ihn vorgewarnt, dass einige Programme erst kurz vor der Abnahme aktiviert werden würden, da das System in der Nacht einen letzten, umfangreichen Selbsttest durchlaufen sollte. Forest versuchte es mit dem altmodischen Hauptschlüssel, der sich bereitwillig im Schloss drehte. Die Hydraulik erwachte zum Leben und öffnete die Türflügel mit einem seufzenden Geräusch. Forest bemerkte, dass das »o« in der Leuchtschrift über dem Eingang flackerte. Er drehte sich um und ließ seinen Blick über den Vorplatz schweifen. Er war schön. Lediglich die monströse Säule vor dem Haupteingang störte das harmonische Gesamtbild. Sie sah aus wie eine zu groß geratene Litfaßsäule aus Plexiglas. Sie stand dort auf ausdrücklichen Wunsch von NanoMed. Sie enthielt mehrere Kubikmeter Staub. *Sie ist voll mit Dreck*, hatte ein Bauarbeiter gesagt. *Nano-Dreck*, hatte Forest erwidert. Die Säule war mit dem Ausschuss gefüllt, den die Labore von NanoMed noch immer in beängstigend hoher Zahl auswarfen. Winzige Prozessoren, deren mit bloßem Auge unsichtbare Leiterbahnen Unterbrechungen oder Unregelmäßigkeiten aufwiesen. Deren mikroskopisch kleine Glaskapillaren feine Risse hatten – oder deren Stromversorgung die letzten Tests nicht bestanden hatte. Sicherheit wurde großgeschrieben. Schließlich sollten diese technischen Sensationen demnächst Patienten in ihre Venen injiziert werden. Genau genommen handelte es sich nicht mehr nur um Mikrochips, wie man sie aus Computern kannte. Die NanoMed-Produkte waren ganze Laboratorien, teilweise sogar halbe Krankenstationen, die auf wenigen Quadrat-Nanometern untergebracht waren. Sie konnten das Blut der Patienten untersuchen und auf der Basis dieser Analyse geeignete Maßnahmen einleiten, wie beispielsweise hoch konzentrierte Wirkstoffe, die sie mit sich führten, freizugeben. Nach getaner Arbeit wurden sie in der Regel über den Darm wieder ausgeschieden. Sie waren so klein, dass sie bei einem Aufenthalt in der Lunge den Blutkreislauf verlassen und sich im Schleim der Bronchien niederlassen konnten, wo sie früher oder später ausgehustet wurden. Ihre Winzigkeit war ihr größter Vorteil, der gleichzeitig gewisse Gefahren mit sich brachte. Zu Beginn der Entwicklung hatte ein unvorsichtiger Laborant Nano-Chips durch feine Risse im Mundschutz eingeatmet. Man steckte ihn auf der Stelle in einen Kernspintomografen, um die Chips durch die enormen Magnetfelder zu deaktivieren, aber noch Monate später klagte er über Beschwerden, die normalerweise nur durch den Befall von aggressiven Parasiten hervorgerufen wurden. Forest erinnerte sich an ein Gespräch, das er mit einem der führenden Wissenschaftler geführt hatte.

»Smart Dust wird in den Organismus eingeschleust, und ab diesem Zeitpunkt entscheidet er selbstständig, was zu tun ist. SD analysiert seine Umgebung und überprüft, ob er eventuelle Fehlfunktionen beheben kann. Wenn er zu einem positiven Ergebnis kommt, beginnt er seine Arbeit. Er setzt die hoch konzentrierten Wirkstoffe frei, die er mit sich führt, oder leitet andere Maßnahmen ein.«

»Was meinen Sie mit Maßnahmen?«

»SD hat viele Alternativen. Er kann beispielsweise in ein Organ wie die Bauchspeicheldrüse eindringen und sie durch elektrische Impulse so stimulieren, dass sie verstärkt Insulin produziert. SD kann auch verwendet werden, um Krampfadern zu veröden. Die Teilchen kommunizieren untereinander und können sich an einer Stelle zusammenrotten, die dann nicht mehr durchblutet wird. Wir planen in naher Zukunft, SD in HIV-Viren einzuschleusen, um sie unschädlich zu machen.«

»Das alles entscheiden diese kleinen Dinger alleine? Was ist, wenn sie sich einmal falsch entscheiden? Und was geschieht, wenn sie den Körper des Patienten verlassen und von jemand anderem unbeabsichtigt aufgenommen werden?«

Der Wissenschaftler hatte nachsichtig gelächelt.

»Das wird nicht passieren. Jede Klasse von SD hat eine spezielle Funktionalität und wird nur in einem begrenzten Rahmen eingesetzt. Sie bekommen eine eindeutige Aufgabenstellung. Wenn sie auf eine Situation treffen, die sie nicht verstehen, deaktivieren sie sich. Das einzige theoretische Problem, das wir ausmachen konnten, war die mögliche Vermischung der verschiedenen Klassen. Wir achten allerdings sehr darauf, dass dies in der Praxis niemals geschieht. Die Sicherheitsvorkehrungen reichen bis in die baulichen Details des Gebäudes hinein, wie man mir gesagt hat. Aber das müssten Sie ja am besten wissen. Eines haben alle Klassen von SD gemeinsam: Ihre Lebensdauer ist begrenzt. Spätestens nach zwei Tagen ist ihr Energievorrat aufgebraucht. Allerdings bleiben sie im Normalfall nicht so lange im Körper. Die Nano-Bots sind von einer dünnen Membran umgeben, die gewährleistet, dass Medikamente in den Organismus eingeschleust werden können, die empfindliche Elektronik jedoch nicht durch Blut oder andere Körperflüssigkeiten verunreinigt wird. Die Membran ist für ein neutrales oder leicht basisches Milieu ausgelegt, wie es in den meisten Organen des menschlichen Körpers herrscht. Spätestens die Magensäure macht ihr den Garaus und deaktiviert den Chip.«

Forest hatte in den vergangenen zehn Jahren vier verschiedene Kliniken entworfen und ihren Bau begleitet. Er hatte geglaubt, genügend Erfahrung gesammelt zu haben, um auch dieses Projekt ohne große Probleme stemmen zu können. Mit der Zeit waren ihm Zweifel gekommen. Mitarbeiter der Entwicklungsabteilung hatten ihn heimlich angesprochen und ihn gebeten, die technischen Vorgaben eher überzuerfüllen, als sie zu großzügig auszulegen. Forest musste sich mit den technischen Gegebenheiten vertraut machen, die für die

Konstruktion von Laboren galt, die sich mit bakteriologischer Kriegsführung befassten. Da es diese offiziell überhaupt nicht gab, war es unglaublich schwierig und unverhältnismäßig teuer gewesen, an diese Informationen zu gelangen. Forest plante und baute Reinräume, die beim Betreten und Verlassen der Mitarbeiter nicht ein Molekül der darin enthaltenen Luft freigaben. Er setzte sicherheitshalber das gesamte Gebäude einem Unterdruck aus, was einen immensen Aufwand bedeutete – und nebenbei einen in finanzielle Schwierigkeiten geratenen Hersteller von Hochleistungspumpen sanierte. Forest war für die Planung der NanoMed-Klinik bereits im Vorfeld für mehrere Architektur-Preise nominiert worden, aber noch konnte er sich nicht darüber freuen. Erst musste das Gebäude sich bewähren.

Forest konnte seinen Blick nicht von der Säule abwenden. Mehrere Hundert Halogen-Strahler verteilten ihr Licht über Glasfaser-Leitungen, welche sich um den Stützpfeiler im Zentrum der Säule wanden. Anscheinend hatte das Öffnen des Haupteingangs die Säule in Betrieb gesetzt. Der Ventilator, der im Boden eingelassen war, nahm seine Arbeit auf und blies den elektronischen Staub an die Decke der Säule, wo er abprallte, sich der Schwerkraft folgend absenkte und in dem steten Luftstrom verwirbelt wurde. Das Farbenspiel des Halogen-Lichts, das von Kunststoff, Metall und Glas reflektiert wurde, war beeindruckend. Es war, als ob man einen Regenbogen eingefangen und zum Tanzen gebracht hatte.

Am Himmel brauten sich dichte Gewitterwolken zusammen, aber Forest machte sich keine Sorgen um das Wetter. Das Dach war dicht, und die Wege waren befestigt. Die Flügel der Eingangstüren standen offen, und der Unterdruck schien Forest in das Gebäude ziehen zu wollen. Er trat ein. Sensoren registrierten seine Anwesenheit. Die Leuchtbänder, die an den Brüstungen der Galerien befestigt waren, erwachten zum Leben, und nach einigen Sekunden flammte der mächtige Kronleuchter auf, der die protzige Empfangshalle in ein goldenes Licht tauchte. Forest fühlte sich an seinen ersten und einzigen Besuch in einem Spielkasino in Las Vegas erinnert. Es war die Handschrift von zu viel Geld und zu wenig Geschmack, die ihn anwiderte und die er bei seinen Arbeiten immer zu vermeiden versucht hatte. Ein Patient, der die Klinik durch den Haupteingang betrat, würde sich vorkommen wie auf dem Rummelplatz. Vielleicht wollten Menschen, die bereit waren, sich mikroskopisch kleine Pharmafabriken in die Venen injizieren zu lassen, es so. Hinter ihm schloss sich die Tür lautlos, aber nicht vollständig. Forest machte sich in Gedanken eine Notiz, dem Türenhersteller Bescheid zu sagen.

Er ging mit zügigen Schritten durch die Gänge, öffnete hier und da eine Tür und sah sich um. Hin und wieder blieb er stehen, um zu lauschen. Außer dem leisen Rauschen der Klimaanlage und einem entfernten Brummen, das aus dem Heizungskeller kommen mochte, war es absolut still. Forest atmete tief ein und versuchte festzustellen, ob sich ein Geruch eingeschlichen hatte, der hier nichts verloren hatte. Seit er auf einer Baustelle einen Kabelbrand erschnüffelt hatte, glaubte er, gewisse Probleme riechen zu können. In seinen Nasenflügeln mischte sich der Duft aus frisch verlegtem Linoleum, kürzlich getrockneter Wandfarbe und dem undefinierbaren Geruch von neuen technischen Geräten. In wenigen Tagen würde es hier nur noch nach Desinfektionsmittel riechen, wie in jeder anderen Klinik.

Er fuhr mit dem Aufzug in den ersten Stock, sah sich dort ein wenig um und machte sich dann daran, den zweiten Stock zu inspizieren. Alles schien in bester Ordnung zu sein. Wenn sich in den kommenden Wochen kleinere Schwächen am Gebäude zeigen sollten, war das nicht so schlimm. Die gesamte Aufmerksamkeit würde der medizinischen Technik gelten, und kleinere Reparaturen konnten mit wenig Aufsehen erledigt werden. Nur morgen musste alles auf den ersten Blick perfekt sein. Forest trat an eines der großen Fenster, die am Ende jeden Flurs den langen Gängen Tageslicht verschaffen würden. Von dieser Stelle hatte er einen guten Blick auf den Innenhof. Er strahlte Ruhe aus. Nur die Säule, in der unaufhörlich die winzigen Partikel rotierten und das Licht in allen erdenklichen Farben reflektierten, wirkte wie ein Fremdkörper.

Forest wurde jäh aus seinen Gedanken gerissen, als ein Blitz aus dem schwarzen Himmel herab schoss und in unmittelbarer Nähe des Haupteingangs einschlug. Forest war geblendet, und das Licht im Flur erlosch. Ein Donnerschlag, so laut, als ob das Gebäude gesprengt wurde, erschütterte die Fensterscheibe. Als der Donner verklang, war das Brummen der Heizung verstummt, und durch die ungeheure Spannung, die sich soeben entladen hatte, war die Luft von einem metallischen Geruch erfüllt. Es dauerte etwas, bis sich Forests Augen vom Anblick des gleißend hellen Blitzes erholt und sich an die Dunkelheit gewöhnt hatten. Er wunderte sich, dass die Notstromaggregate nicht augenblicklich den Betrieb aufnahmen. Sie waren bereits vor Wochen installiert worden und hatten erst gestern die letzten Tests bestanden. Obwohl die Notbeleuchtung auf sich warten ließ, konnte Forest die Umrisse der Wände und der spärlichen Möbel auf dem Korridor erkennen. Sie waren in ein seltsam farbiges Licht getaucht. Forest trat an das Fenster und sah, woher das Licht kam. Die Säule schien von einer anderen Stromleitung versorgt zu werden als der Flügel der Klinik, in dem er sich befand. Die Teilchen in ihrem Inneren rotierten fröhlich weiter und tauchten

den gesamten Innenhof in ein gespenstisches, buntes
Licht. Kurz bevor die Dieselaggregate tief unten im Gebäude schwerfällig anliefen und die Notbeleuchtung
anging, sah Forest, dass die Säule beschädigt war. Möglicherweise hatte der Blitz nicht in eines der zahlreichen
Metallelemente der Fassade eingeschlagen, sondern in
die Säule. Vielleicht waren auch Splitter von der Fassade
oder dem gewaltigen Türrahmen durch die Luft geschleudert worden. Das dicke Plexiglas der Säule hatte
ein Loch in Kniehöhe, das nicht größer als ein Tennisball
war. Durch diese Öffnung ergoss sich ein Strom winziger
Teilchen ins Freie, wie ein Fischschwarm, dessen Zeit
gekommen war, die heimatlichen Gewässer aufzusuchen,
um sich fortzupflanzen. Die Teilchen schienen das Licht
aus dem Inneren der Säule noch ein Stück weit mit sich
tragen zu wollen. Wie ein Zitteraal, der seine Umgebung
mit elektrischen Schlägen in Angst und Schrecken versetzte. Die Teilchen verstreuten sich in alle Winde, doch
in dem Moment, als die Notstromversorgung einsetzte,
ging eine Veränderung mit ihnen vor. Der Teilchenstrom
wand und bog sich, aber er schien nun einem klaren Ziel
zu folgen. Forest erkannte, wohin er sich bewegte und
rannte zur nächsten Treppe, die nach unten führte, obwohl über den Aufzügen wieder grüne Lampen leuchteten.

Im ersten Stock stellte er fest, dass sein Handy keinen
Empfang hatte. Er lief weiter. Als Forest in der Eingangshalle ankam, war er vollkommen außer Atem. Der
Spalt in der Eingangstür hatte sich etwas geweitet, und
der erneut aufgebaute Unterdruck sog die Nano-Teilchen
aus der beschädigten Säule in die Klinik. Forests Sorge

galt zunächst der beschädigten Tür. Den Staub konnte man zusammenkehren, und die Säule hatte er ohnehin nicht gemocht. Als er jedoch den Staub aufwirbelte, der den Boden der Halle fast vollständig mit einer dünnen Schicht bedeckte, und unter seinen Füßen kaum sichtbare Leiterbahnen und haarfeine Glaskapillaren zerbrachen, fragte er sich, ob einige von ihnen vielleicht noch funktionstüchtig waren. Ihre Energiespeicher mussten schon längst erschöpft sein, aber was, wenn der Blitzschlag und die elektrisch geladene Luft sie wieder aufgefüllt hatten? Forest wünschte sich beinahe, dass NanoMed die Säule mit den toten Versuchstieren gefüllt hätte, die sie in den letzten Jahren in unzähligen Versuchen gequält hatten. Das wäre ehrlicher gewesen. Und was einmal tot war, blieb tot. Für technische Bauteile musste dies nicht unbedingt gelten.

Als er die Tür erreichte, war die Säule bereits leer. Ein spezieller Tankwagen hatte den Nano-Schutt geliefert und in den Plexiglas-Zylinder gepumpt. Es mussten Milliarden Teilchen gewesen sein, die nun auf dem Klinikgelände und im Inneren des Gebäudes verstreut waren. Forest versuchte, sein Handy wieder in Gang zu setzen, aber es stellte sich tot. Er sah zum Himmel, wo die Gewitterwolken bereits weitergezogen waren. Sie schienen beschlossen zu haben, woanders abzuregnen. Forest begutachtete die Eingangstür. Von innen konnte er keine Beschädigung erkennen, aber sie ließ sich nicht öffnen. Noch immer brannte nur die Notbeleuchtung. Vielleicht war eine Stromleitung in der Umgebung getroffen worden. Er machte sich auf die Suche nach einem funktionierenden Telefon.

Der elektronische Staub glitzerte auf dem Boden, aber die Schicht war dünner geworden, und an vielen Stellen konnte man das Linoleum sehen. Das Zeug war so klein, dass es von der geringsten Luftbewegung auf-

gewirbelt wurde. Forest zog ein Taschentuch aus seiner
Hosentasche und band es sich um Mund und Nase. An
seinem Rücken lief ein dünnes Rinnsal Schweiß hinab.
Es war kein Angstschweiß. Es war warm in der Klinik,
obwohl die Außentemperatur bei höchstens zehn Grad
lag. War es möglich, dass der Nano-Schutt die Tempera-
tursteuerung beeinflusste? Forest glaubte, verschmorten
Kunststoff zu riechen, aber nach einer Sekunde war der
Geruch wieder verschwunden. Er griff über die Empfangstheke und nahm den Hörer des Telefons ab. Aus
dem Lautsprecher drang lautes Rauschen, und im Hintergrund glaubte Forest, Stimmen zu hören. Er legte auf
und versuchte es erneut, aber er konnte kein Freizeichen
bekommen. Aus dem Augenwinkel sah er eine Bewegung. Als er sich umdrehte, sah er gerade noch, wie ein
kleiner Haufen Smart Dust von der Lüftungsanlage ein-
gesogen wurde. Forest kam das Bild eines Bienen-
schwarms in den Sinn. Er schüttelte den Gedanken ab.
Das Wichtigste war im Moment, Hilfe zu holen. Möglicherweise hatte der Blitz irgendwo einen Schwelbrand
verursacht und die Brandmeldeanlage außer Gefecht
gesetzt. Die Fenster im Erdgeschoss ließen sich nicht
öffnen, um den Unterdruck aufrechtzuerhalten und die
Klinik bei Bedarf unter Quarantäne stellen zu können.
Forest hatte auf die verschiedenen Verordnungen hin-
gewiesen, die dadurch verletzt wurden, aber NanoMed
hatte sein Gewicht als größter Steuerzahler der Stadt in
die Waagschale geworfen, und das Bauamt hatte ein
Auge zugedrückt. Für den Notfall gab es dennoch mehrere Ausgänge. Einer führte durch die Tiefgarage.

In der Garage gab es eine Tür, deren Schließmecha-
nismus nicht mit der restlichen Hauselektronik verbunden war. Forest stieß sie auf, aber was er dort sah, hatte
er nicht erwartet. Auf dem Parkdeck standen Krankenwagen und mehrere Dutzend Limousinen, die als

Dienstwagen für die leitenden Ärzte und die Verwaltungsmitarbeiter vorgesehen waren. Alle spielten verrückt. Alle Motoren liefen. Einige brummten im Leerlauf vor sich hin, andere heulten jenseits ihrer Drehzahlbegrenzer wie geprügelte Hunde. Das Automatikgetriebe eines Wagens schien sich selbstständig in Gang gesetzt zu haben, und das Fahrzeug hatte einen Satz nach vorne gemacht, bis eine Betonsäule die Spritztour beendet hatte. Aus den Autoradios dröhnte eine Kakofonie der unterschiedlichsten Radiosender, und die Scheinwerfer der Wagen blinkten wild im Takt. Aus dem Fenster des Wagens, der Forest am nächsten stand, dudelte ein alter Song:

Dust in the wind, all we are is dust in the wind.

Forest lächelte grimmig unter seiner improvisierten Atemschutzmaske. Er hatte diese Klugscheißer nach den möglichen Gefahren der neuen Technik befragt, aber sie hatten abgewunken und ihn behandelt, als ob er ein kleines, ängstliches Kind war. Er wünschte sich, dass einer von ihnen nun bei ihm wäre und ihm erneut seine Frage beantwortete, während sich der Fuhrpark durch ein wenig Staub in einen Autoskooter verwandelt hatte. Der elektronische Staub mochte vielleicht smart sein, aber Forest zweifelte ernsthaft an der Intelligenz seiner Entwickler. Er ärgerte sich, dass er seine Kamera nicht mitgenommen hatte. Wenn alles vorüber war, bevor er Zeugen hatte, würde ihm niemand glauben, dass dieser Schaden ohne menschlichen Einfluss entstanden war.

Ein Krankenwagen hatte sich mitten in der Ausfahrt verkeilt. Er wechselte ständig zwischen Vorwärts- und Rückwärtsgang hin und her und krachte abwechselnd gegen die beiden Begrenzungspfosten. Forest verspürte keine Lust zu warten, bis ihm der Sprit ausging. Er machte sich wieder auf den Weg nach oben, und er nahm mit jedem Schritt zwei Stufen. Er hatte dieses Gebäude gebaut, und er würde einen Weg hinausfinden.

Auf dem Weg zur Ambulanz, die ebenfalls einen separaten Ausgang hatte, versperrte ihm eine Reinigungsmaschine den Weg. Es handelte sich um ein Modell, auf das sich der zuständige Mitarbeiter setzen und die langen Flure bequem säubern konnte. Irgendetwas hatte ihr elektrisches Herz zum Leben erweckt und die großen Bürsten an ihren Seiten zum Rotieren gebracht. Der Staub, den sie aufnahmen, schillerte in allen Regenbogenfarben. Anstelle in dem dafür vorgesehenen Behälter zu landen, wirbelte er aus allen Ritzen der Maschine auf und verteilte sich in der Luft. Die Kehrmaschine stellte sich zwischen Forest und die rettende Tür, deren Flügel auf und zu schwangen, als ob sie ihn heran winken wollten. Die Elektronik aller Geräte schien durch den Smart Dust infiziert zu sein, aber mehr als ungezielten Aktionismus konnten sie wohl kaum entfalten. Es waren nur Kehrmaschinen und Autos, keine Computer oder Operationsroboter, und sie besaßen kein Bewusstsein, ja noch nicht einmal Augen. Forest entdeckte eine der zahlreichen Überwachungskameras an der Decke. Diese schien seinen Blick zu erwidern. Als er einige Schritte zur Seite ging, drehte sie sich in dieselbe Richtung. Nach zwei weiteren Schritten setzte sich die Kehrmaschine in Bewegung. Forest drehte sich um und lief. Er hatte alle Sicherheitsauflagen präzise umgesetzt. Und diese Idioten kippten einfach ihre Nano-Müll-Mischung in die Säule.

Der Weg zurück in die Eingangshalle war lang und mühselig. Immer wieder stand Forest vor verschlossenen Türen. Schließlich erreichte er sein Ziel durch eine Feuerschutztür, die kein elektronisch gesteuertes Schloss besaß. Augenblicklich trat ihm der Schweiß auf die Stirn. Es war höllisch heiß in der Halle. Das ganze Krankenhaus schien Fieber zu haben. Die Beleuchtung brannte inzwischen so hell wie in einem Operationssaal, und Forests Augen schmerzten. Er spürte, wie sich sein Hemd allmählich mit Schweiß vollsog. Aus den Lüftungsschächten kam ein steter Schwall heißer Luft, die seltsam roch und weiße Schlieren hinter sich her zog, die Forest an die Kondensationsstreifen von Düsenjets erinnerten. Zumindest waren sie nicht farbig. Forest zog sein Tuch ein wenig herunter, um besser riechen zu können. Der Geruch schien ihm vertraut, aber er konnte ihn nicht sofort einordnen. Bis sich auf seiner Zunge ein bitterer Geschmack breitmachte, der ihn an Schmerztabletten erinnerte. Aus der Lüftung quoll immer mehr weißer Staub, und Forest zog das Taschentuch wieder fest über seine Nase. Der Smart Dust war darauf programmiert, in seinem Umfeld Medikamente freizusetzen. Konnte es sein, dass er zwar nicht begreifen konnte, dass er sich nicht in einem menschlichen Körper befand, aber ahnte, dass er in dieser Umgebung eine ungemein hohe Konzentration von Wirkstoffen benötigte, um den vermeintlichen Fremdkörper zu bekämpfen? Forests Lunge zog sich bei diesem Gedanken krampfartig zusammen. Er atmete tief ein, aber das beklemmende Gefühl verging nicht. Die Luft war dünn geworden. Smart Dust konnte in begrenztem Rahmen untereinander kommunizieren und sich zusammenballen. Vermutlich verstopften inzwischen unzählige Klumpen von hochintelligenten Nano-Chips die Filter der Lüftungsanlage.

Zwischenzeitlich hatte Forest Angst gehabt, aber nun erfüllte ihn nur noch nackter Zorn. Zorn auf die Entwickler, welche die Risiken herunter gespielt hatten, auf die Investoren, die sich neben ihrem Profit nur um die repräsentative Wirkung des Klinikbaus gekümmert hatten, und schließlich Zorn auf den Smart Dust selbst. Er gebärdete sich wie ein Lebewesen, also musste er auch so behandelt werden. Forest wusste, dass gutes Zureden nichts helfen würde. Hier half nur noch nackte Gewalt. Aber wie übte man Gewalt gegenüber Staub aus? Es gab keinen riesigen Staubwedel oder etwas Ähnliches, mit dem man den SD unter den Teppich kehren konnte. Es gab noch nicht einmal einen Teppich. Forests Blick fiel auf eine Metalltür, die sich auffällig von der lindgrünen Wandfarbe abhob. Es handelte sich um die Tür zu einem Putzraum. Forest zerrte an dem primitiven Griff, der willig nachgab. Der Raum war sehr klein, dennoch dauerte es einige Sekunden, bis Forest sich einen Überblick verschafft hatte. Der Boden war angefüllt mit allen möglichen Reinigungsgeräten, und an den Wänden hingen Regale voller Kanister und Flaschen. Forest schob die Besen und Putzeimer beiseite. Dahinter kam ein nagelneuer, unbenutzter Hochdruckreiniger zum Vorschein, und eine nachträglich angebrachte, schlecht verputzte Steckdose schien ihn anzulächeln. Er stöpselte das Gerät ein, das sich mit dem munteren Leuchten einer grünen LED bedankte. Während er die Zuleitung des Reinigers mit dem Wasserhahn verband, machte sich unter seinem improvisierten Atemschutz ein Grinsen breit. Wasser war der natürliche Feind sowohl von Staub als auch von elektronischen Bauteilen. Der Hochdruckreiniger gab ein zufriedenes, beinahe unternehmungslustiges Brummen von sich, als Forest ihn anstellte. Hatte aber der Entwickler nicht davon gesprochen, dass Smart Dust eine Schutzhülle gegen Flüssigkeiten besaß? Das Denken fiel Forest zunehmend schwerer. Die Luft in der Halle roch verbraucht, und jeder Atemzug verursachte ein Brennen in seiner Lunge. Die

Membran. Sie schützte die Nano-Chips vor den Körperflüssigkeiten. Er konnte so viel mit dem Hochdruckreiniger herumfuchteln, wie er wollte, ohne etwas auszurichten. Er würde damit den Smart Dust vermutlich sogar in die letzten Ecken der Klinik blasen, die ansonsten verschont geblieben wären. Vermutlich funktionierte dieser Mini-Mist noch besser, wenn er sich in seinem natürlichen Element befand. Forest ließ sich auf die Knie fallen und schlug die Hände vors Gesicht. Gab es denn keinen Notausgang aus diesem Albtraum?

Forest beschloss, den Hochdruckreiniger abzustellen und nach einer anderen Lösung zu suchen, als sein Blick auf einen Schlauch fiel, der neben dem Wasseranschluss aus dem Gerät ragte. Forest starrte einige quälend lange Sekunden darauf, bis er begriff. Er wandte sich den Regalen zu und ging die Kanister durch. Bei der professionellen Gebäudereinigung kamen sowohl basische Mittel als auch Säuren zum Einsatz. Säure würde den kleinen Mistviechern nicht schmecken. Die Schrift auf den Kanistern verschwamm vor Forests Augen. Er blinzelte einige Male, aber alles, was er erkennen konnte, waren die bunten Aufkleber auf den Behältern. Er wischte sich mit seinem Hemdsärmel den Schweiß von der Stirn und versuchte, ruhig zu atmen. Er wusste, dass jede Farbe einem bestimmten pH-Wert entsprach. Er konnte sich auch daran erinnern, dass Grün neutral bedeutete, aber welche Farbe stand für Säure? Ein Schlag erschütterte das Gebäude, als ob im Untergeschoss etwas explodiert war, danach war es unnatürlich still. Möglicherweise war die Heizung ausgefallen, vielleicht aber auch die Lüftungsanlage. Forest wollte sich nicht darauf verlassen, dass es die Heizung war. Er wuchtete einen Kanister mit einem dunkelroten Etikett aus dem Regal und schraubte hastig den Deckel ab. Ein beißender Geruch stieg ihm in die Nase und brannte in seinen ohnehin schmerzenden

Augen. Dennoch sog Forest ihn auf – wie den Duft der ersten Frühlingsblüten. Den Verbindungsschlauch ertastete er mehr, als dass er ihn sah. Irgendwie gelang es ihm, den Schlauch in die Öffnung des Kanisters zu bugsieren. Einen Hebel, von dem er glaubte, dass er das Mischungsverhältnis zwischen Reiniger und Wasser regelte, schob er bis an den Anschlag. Seine Lungenflügel gaben ein rasselndes Geräusch von sich, und der Boden unter seinen Füßen schien zu schwanken. Es war höchste Zeit, die Ursache für dieses Chaos beim Kragen zu packen. Da die Entwickler des Smart Dust nicht greifbar waren, richtete Forest die Düse des Hochdruckreinigers auf den Boden zu seinen Füßen. Als er den Abzug betätigte, spürte er einen leichten Rückschlag in seinem Arm, und er fühlte sich gut an. Vom Boden stob eine Wolke auf, die aus feinen Wassertröpfchen und glitzerndem Staub bestand. Forest sah, wie sich der Smart Dust, der sich überall verteilt zu haben schien, zu kleinen Klumpen zusammenballte – wie gewöhnlicher Dreck. Der einzige sichtbare Unterschied war, dass das abfließende Wasser hier und da ein wenig schimmerte. Die stickige Luft war erfüllt vom sauren Geruch des Reinigungsmittels. Es stank fürchterlich, aber Forest genoss das Gefühl, Herr der Lage zu sein. Er dirigierte den Wasserstrahl von einer Seite zur anderen und säuberte den Boden, die Wände und vergaß auch den hässlichen Kronleuchter nicht.

Als der Kanister leer war und nur noch klares Wasser kam, gönnte sich Forest eine Pause. Er zog sein Taschentuch ein wenig herunter und rieb sich die Augen mit einem trockenen Zipfel seines Hemds. Auf den Pfützen hatte sich ein weißer Schaum gebildet, der vermutlich von den Millionen sich zersetzender Membranen des Smart Dust stammte. Forest glaubte zu hören, wie sie sich zischend auflösten, aber das Geräusch konnte auch aus der Lüftung kommen, die noch immer gegen die Klumpen aus Nano-Dreck ankämpfte. Die Temperatur war ein wenig gesunken, und auch die Luft schien wieder mehr Sauerstoff zu enthalten, aber noch war seine Arbeit nicht beendet. Forest ging zurück zum Putzraum und holte einen neuen Kanister. Inzwischen konnte er die zahlreichen Warnhinweise auf dem Etikett einigermaßen entziffern. Er ersetzte den leeren Kanister und ging wieder an die Arbeit. Er pumpte eine Ladung des Reinigers in jeden Lüftungsschacht, den er fand. Er musste immer wieder einen hastigen Schritt zur Seite machen, wenn die Brühe schäumend aus einer anderen Öffnung wieder herausschoss.

Als der zweite Kanister geleert war, schloss Forest den dritten und letzten an. Der elektronische Spuk brach allmählich in sich zusammen, und die Systeme der Klinik normalisierten sich nach und nach. Die Temperatur sank spürbar, das Licht wurde weniger grell, und auch die Eingangstür öffnete sich. Der Hochdruckreiniger folgte Forest wie ein gut erzogener Hund. Der Schlauch war lang genug, dass er den schmutzigen Bach zur Tür hinaus blasen konnte. Dort vereinte er sich mit dem Regen, der inzwischen begonnen hatte, den Vorplatz sauber zu waschen. Eine trübe Brühe, die kaum mehr schimmerte als ein Spülbecken voller Abwaschwasser, ergoss sich in die Schächte der Kanalisation.

»Ich hoffe, es ist wenigstens saurer Regen.«

Da er immer noch alleine war, lachte Forest laut über seinen Scherz. Dabei füllte er seine Lunge mit frischer Luft. In der Eingangshalle hingegen stank es, als hätten sich sehr viele Menschen gleichzeitig übergeben. Auch Forest musste würgen. Auf dem Boden und an den Möbeln sah man bereits starke Verfärbungen durch die Säure. Die Einrichtung war sehr robust, aber sie war nicht für einen Säureanschlag ausgelegt worden. Auch wenn sich die Lage beruhigt hatte, traute Forest dem Frieden nicht. Wer weiß, in welche Ecken sich der dumme Staub verkrochen hatte, um später noch mehr Unsinn anzustellen. Vielleicht war es an der Zeit, die Klinik einmal durchzuspülen. Forest klemmte eine Sitzbank in die geöffnete Eingangstür und wandte sich der Halle zu. Er öffnete den Schaltschrank, der sich hinter der Empfangstheke befand. Die Leuchtdioden und Sicherungen zeigten alle normalen Funktionen an. Er drückte einige Knöpfe, schloss den Schrank und zertrümmerte die dünne Glasscheibe des Feuermelders. Als er den Knopf gedrückt hatte, ertönte eine Feuersirene, und eine elektronische Stimme forderte die nicht vorhandenen Patienten auf, die Klinik ruhig, aber zügig durch die beschriebenen Fluchtwege zu verlassen. Forest hatte die Sprinkleranlage so eingestellt, dass nur die oberen Stockwerke bewässert wurden und sich das Wasser durch die Abflüsse in einem Tank sammeln würde. Dort würde es sich mit der Säure aus dem Erdgeschoss vermischen. Die Flüssigkeit würde keine besonders hohe Konzentration mehr aufweisen, aber es sollte genügen, um die kleinen Unruhestifter unter Kontrolle zu halten, bis Fachpersonal von NanoMed anrückte.

Forest sah sich um. Die Klinik war wenige Stunden vor ihrer Übergabe vollkommen unbrauchbar, und es würde Wochen dauern und Millionen verschlingen, um das Gebäude trocken zu legen und die Schäden zu beseitigen. Er hoffte, dass die Überwachungsanlage, die permanent die Gänge, Garagen und alle öffentlich zugänglichen Räume des Krankenhauses überwachen sollte, den Staubbefall und seine Reinigungsaktion unbeschadet überstanden hatte. Ansonsten würde er es schwer haben, seine Geschichte zu beweisen.

Forest ging nach draußen in den Regen. Er war kalt, aber Forest genoss jeden einzelnen Tropfen auf seiner Haut. Über dem Eingang leuchtete noch immer der Name der Klinik in freundlichen Buchstaben, und noch immer flackerte das »o«. Forest wischte sich das Gesicht mit dem Taschentuch ab, und für einen Augenblick glaubte er, glitzernde Spuren von Staub auf dem Stoff zu sehen, bevor der Regen es wieder sauber wusch. Er putzte sich herzhaft die Nase und schleuderte das Tuch fort, ohne es noch einmal anzusehen. Er hatte einige Anrufe zu machen, und er würde einigen Leuten gehörig den Marsch blasen.

Auf der Suche nach einem Unterstand kam ihm ein Mitarbeiter des Wachdienstes wild gestikulierend entgegen, aber Forest ließ den Mann wortlos stehen. Er begann unbewusst, eine Melodie vor sich hin zu pfeifen. Als er sie erkannte, stimmte er leise den Refrain an: *All we are is dust in the wind …*

ENDE

Dumb Dust *erschien erstmals in den Ausgaben 17 und 18/2009 der Zeitschrift* **c't**. *Die hier veröffentlichte Geschichte ist eine noch einmal kritisch durchgesehene und leicht überarbeitete Fassung.*

SLEEPWORX

Der Zug setzte sich mit einem Ruck in Bewegung, rumpelte über einige Weichen und beschleunigte dann sanft, bis nur noch ein leichtes Schaukeln zu spüren war. Ich schloss meine Augen und versuchte, mich zu entspannen. Nach einigen Minuten hatte ich die Außenwelt ausgeblendet und dachte an überhaupt nichts. In meinen Gedanken manifestierte sich das Bild eines großen, grünen Knopfes, den ich mit einem Zucken meiner Augenlider betätigte. Für einen Augenblick wurde mir schwindlig. Unendliche Zahlenkolonnen schienen vor meinem inneren Auge vorüberzufliegen, dann befand ich mich plötzlich an einem Palmenstrand. Die Sonne stand hoch am Himmel, und das kristallklare Wasser leckte vorsichtig am weißen Sand. Stille lag über allem, nur gelegentlich unterbrochen von Vogelgezwitscher und ausgelassenem Lachen von Kindern. Ich sah mich um und fand eine kleine Bar. Während aus unsichtbaren Lautsprechern leise Musik rieselte, wurde mein Lieblingscocktail zubereitet. Der Barkeeper nickte mir zu. Als ich den Cocktail probiert hatte, nickte ich bewundernd zurück. Eine leichte Brise machte die Hitze erträglich. Als ich mich umdrehte, um meinen Blick ein wenig über das Meer schweifen zu lassen, sah ich Manuela. Sie war atemberaubend schön. Wann immer die Träger ihres Bikinis ein wenig verrutschten, konnte man erkennen, dass sie nahtlos braun war. Wir begrüßten uns wie alte Bekannte, und sie setzte sich neben mich. Wir plauderten, bis die Sonne unterging. Sie schlug gerade vor, noch ein wenig am Strand spazieren zu gehen, als plötzlich die ganze Szenerie ins Wanken geriet. Zuerst wackelte ihr Stuhl, dann die ganze Bar, bis der Strand vor meinen Augen verschwamm und sich schließlich vollkommen auflöste. Dann marschierten einige Männer in grauen Anzügen durch einen weißen Raum, klopften sich Sand von den Schuhen und unterhielten sich lautstark über die Buchhaltung eines mittelständischen Unternehmens. Verwirrt wachte ich auf.

»Ihre Fahrkarte bitte!«

Ein Schaffner hatte sich vor mir aufgebaut, und seine Bitte klang wie ein Bellen. Vermutlich war es nicht seine erste Aufforderung, und er hielt mich für betrunken oder einen Schwarzfahrer. Ich reichte ihm meinen Fahrschein und sah mich um. Das Abteil war inzwischen überfüllt, und eine schwangere Frau bedachte mich mit vorwurfsvollen Blicken. Ich beschloss, den Rest der Fahrt wach zu bleiben und stand auf.

Die Niederlassung von Sleepworx, in der ich mich jeden Tag melden musste, war in einem schmucklosen, unauffälligen Betonbau inmitten des Geschäftsviertels untergebracht. In der Eingangshalle gab es einen Portier, der mich lässig durchwinkte, und eine große Tafel, auf der alle Firmen verzeichnet waren, die in dem Gebäude residierten. Auch an diesem Tag war der Hausmeister damit beschäftigt, einige der Schilder auszuwechseln. Manchmal glaubte ich, dass darin seine Hauptaufgabe bestand. Die Sleepworx GmbH hatte ihren Sitz im siebten Stock und hielt sich dort immerhin seit über einem Jahr. Ich stieg aus dem Aufzug, meldete mich bei der Empfangsdame an und begab mich in den Warteraum. Vor mir warteten bereits einige Männer und Frauen, von denen ich die meisten in den fünf Monaten, die ich für Sleepworx arbeitete, kennengelernt hatte.

Genau wie ich waren sie mehr oder weniger zufällig zu diesem Job gekommen. Jeder kennt diese Anzeigen, die mit Einsteins Bild und dem Spruch *Sie nutzen nur 10% ihres Gehirns!* werben. In der Regel steckten Organisationen dahinter, denen sich niemand freiwillig anvertraute, der wenigstens ein Prozent seines Denkapparates gelegentlich benutzte. Sleepworx hingegen hatte tatsächlich eine Möglichkeit gefunden, wie ein Teil der brachliegenden Hirnkapazität genutzt werden konnte. Sie waren natürlich nicht so dumm, anderen zu erzählen, wie es funktionierte. Sie konnten bestimmte Areale aktivieren, die ein normaler Mensch so gut wie nie benötigte, und die höchstens während des Schlafes etwas zu den Träumen beisteuerten. Ungenutzte Rechenkapazität, wie es meine Operatorin nannte. Die Synapsen im Gehirn eines durchschnittlich intelligenten Menschen sind komplexer vernetzt als die neuesten und schnellsten Prozessoren. Vor allem in Bereichen, in denen ein wenig Kreativität bei der Problemlösung gefragt war, sind menschliche Rechner den siliziumbasierten noch immer um Meilen voraus. Sleepworx hatte eine Methode entwickelt, mit der man Daten in das Gehirn transferieren und sie dort von der menschlichen Rechenmaschine bearbeiten lassen konnte.

Ich hatte bereits seit langer Zeit am SETI-Projekt teilgenommen, weil ich von dem Gedanken fasziniert gewesen war, dass mein Computer Aufnahmen aus dem Weltall nach außerirdischen Signalen absuchte, während ich ihm gerade nicht die volle Rechenleistung abverlangte. Natürlich war es ein großer Schritt von SETI bis zu dem Tag, an dem ich fremden Menschen erlaubte, die hinteren Bereiche in meinem Oberstübchen zu mieten. Der große Unterschied bestand darin, dass man bei Sleepworx nicht für Ruhm, Ehre und den Fortschritt der Wissenschaft arbeitete, sondern für Geld. Für viel Geld. Aus Neugier hatte ich mich bei ihnen vorgestellt, aus Spaß einige Tests mitgemacht und am Ende aus Gier den Vertrag unterzeichnet. Man hatte mir versichert, dass alles vollkommen ungefährlich sei. Ich unterschrieb eine Erklärung, dass ich die Firma nicht belangen würde, falls sie sich in diesem Punkt geirrt haben sollte. Zumindest hatte ich es schriftlich, dass ich mein Geld von nun an im Schlaf verdienen würde.

Die meisten Fälle, die wir bearbeiteten, waren wenig spektakulär. In der Regel ging es darum, unendliche Datenberge nach Auffälligkeiten zu durchsuchen. Wir erledigten das Bugfixing neuer Programme, durchforsteten Versicherungsfälle nach falschen Angaben, berechneten chemische Formeln, und gelegentlich arbeiteten wir auch in der Rasterfahndung. Dabei machte man es sich zunutze, dass das menschliche Gehirn auch intuitiv Unregelmäßigkeiten erfassen konnte, wo ein Computer konkrete Bedingungen gebraucht hätte. Wir Sleepworker bekamen davon nicht viel mit, da alle Operationen nur im Unterbewusstsein abliefen und man uns nur selten genauere Informationen gab.

D ie meisten im Wartezimmer waren damit beschäftigt, in den herumliegenden, veralteten Computermagazinen zu blättern. Nur Frank hatte sich zurückgelehnt. Wenn man seine Augenlider genau beobachtete, konnte man an ihrem Zucken erkennen, dass er noch arbeitete. Eigentlich waren die Datenpakete so dimensioniert, dass man sie bequem über Nacht abarbeiten konnte. Frank war ein Kandidat für den nächsten Abschuss. Er war unglaublich talentiert, und sein Hirn konnte in kurzer Zeit Enormes leisten, aber er war nicht sonderlich diszipliniert. Er ließ sich gewaltige Datenmengen mitgeben und verbrachte dann einen Großteil des Abends damit, sein Geld unter die Leute zu bringen. Eine strikte Regel bei Sleepworx lautete, dass man keinen Alkohol trinken durfte. Frank schien damit große Probleme zu haben.

Die Tür zum Labor öffnete sich, und Sam steckte ihren rot gelockten Kopf ins Wartezimmer. Nach einem missbilligenden Blick auf Frank wandte sie sich mir zu.

»Oh, hallo Stefan, schön dich wieder zu sehen! Komm' doch bitte rein!«

Ich folgte ihr und legte mich auf die Ledercouch, die jeden Psychiater hätte vor Neid erblassen lassen.

»Und, wie lief die Arbeit? Irgendwelche Komplikationen?«

»Es war dieses Mal zeitlich ein wenig knapp, aber es hat noch gereicht. Komplikationen gab es keine, aber ich glaube, ich möchte einen neuen Schoner.«

Die sogenannten Schoner hatten den Zweck, das Bewusstsein von den Rechenoperationen abzuschirmen. Dies diente einerseits dem Datenschutz der zum Teil geheimen Firmeninformationen. Zu einem nicht unwesentlichen Teil war es auch ein Selbstschutz für uns Sleepworker. Die Rechenoperationen im Unterbewusstsein laufen in atemberaubender Geschwindigkeit ab. Jedes Mal, wenn man beim Ein- oder Ausloggen kurz die Verbindung zu ihnen herstellte, war es, als ob einem ein Güterzug, auf dem eine Blaskapelle Polka spielt, durchs Hirn raste.

»Magst du Manuela nicht mehr? Wir haben uns so viel Mühe mit ihrer Programmierung gegeben!«

Sam drehte sich um und lächelte mich einen Augenblick an, bevor ihr Gesicht wieder den Ausdruck höflicher Geschäftigkeit annahm.

»Ich glaube, ich habe mich einfach an dem Strand sattgesehen. Keine Getränkedose liegt herum, keine Motorboote stören die Ruhe. Und niemals kommt jemand, der Ärger macht. Es ist so abstoßend perfekt.«

»Möchtest du, dass ich dir eine Motorjacht einspiele? Oder willst du dich mit jemandem prügeln? Ich könnte es so einrichten, dass du niemals verlierst! Und wenn Manuela lieber blond sein soll, ist das überhaupt kein Problem.«

Es war nicht der Strand und bestimmt auch nicht die Haarfarbe des Avatars, die mich störten. Es war die Situation an sich. Ich fand es entwürdigend, jede Nacht meine eigenen Träume auszuschalten und mich billigen, kaum variierenden Männerphantasien hinzugeben. Mein Schlaf war im Großen und Ganzen in Ordnung, aber künstliche Träume konnten niemals die echten ersetzen. Ich hätte gerne wieder einmal eine Woche lang geschlafen, ohne dass in meiner privaten Dachkammer gewaltige Datenberge hin und her geschoben wurden. Leider war ich auf das Geld angewiesen.

»Wäre es nicht möglich, den Schoner ein wenig persönlicher zu gestalten? Wenn ich normal träume, dann sehe ich mich oft selbst, aber im Schoner fühle ich mich, als ob ich vor einem Bildschirm sitze und immer wieder denselben Film ansehe. Einmal habe ich sehr lange geschlafen, und dann hat die ganze Handlung wieder von vorne begonnen. Kannst du dir vorstellen, wie langweilig das war? Könnte ich nicht eine etwas komplexere Location bekommen?«

»Ich könnte dir New York anbieten. Es ist allerdings noch nicht ganz fertig, du müsstest dich mit ein paar Häuserblocks begnügen. Aber es wäre immerhin eine Abwechslung.«

Sam beugte sich von hinten über mich, um mir die Sensoren an der Stirn und auf meiner Brust anzubringen. Ich verdrehte meine Augen so weit nach oben, wie ich konnte, und fragte mich, ob ich nicht einen Avatar bekommen konnte, der Sam ähnelte.

»Wie wär's mit roten Haaren?«

»Bitte?«

Sie nestelte weiter an den Kabeln.

»Könnte mein Avatar vielleicht rote Haare bekommen? Darauf stehe ich am meisten.«

Ich sah ihr ins Gesicht, das aus meiner Sicht auf dem Kopf stand, und senkte meinen Blick dann auf Sams kupferfarbene Pracht, die mir beinahe bis auf die nackte Brust hing. Sie richtete sich wieder auf und schüttelte lachend ihre Locken.

»Ihr Männer, ihr seid doch alle gleich! Da bietet man euch an, einen perfekten Pamela-Anderson-Klon zu entwerfen, und was tut ihr? Ihr macht die arme Labortechnikerin an, die sich mit euch Tag für Tag herumschlagen muss! Aber bitte, du sollst deine roten Haare bekommen! Und ich lade dir so viel Abwechslung drauf, wie der Rechner hergibt.«

Wenn einem die Daten ins Hirn geladen werden, fühlt es sich in etwa so an, als ob einem ohne Vorwarnung eine Ameisenkolonie durch die Nase geblasen würde. Der Juckreiz ist beinahe unerträglich, und man wünscht sich, sich an der Innenseite des Kopfes kratzen zu können. Nach einigen Sekunden ist der Spuk dann wieder vorbei, und in der kommenden Nacht kann die Arbeit aufs Neue beginnen.

Für mich sah die Stadt nicht nach New York aus, aber ich war zugegebenermaßen noch nie dort gewesen. Wie der Strand in meinem letzten Schoner waren die Straßen der Stadt absolut sauber. In der Realität war es beinahe unmöglich, fünf Minuten an einem beliebigen Ort der Welt spazieren zu gehen, ohne über Hundehaufen, zerknülltes Papier oder Zigarettenkippen zu stolpern. Aber die Programmierer hatten offensichtlich Probleme damit, ihrer Schöpfung etwas Unschönes mitzugeben, das ihr Werk weniger perfekt wirken ließ.

Es war Abend, und ich wanderte durch beinahe menschenleere Straßen. Die Avatare, die mir entgegenkamen, waren schlampig programmiert und huschten nur als Schemen an mir vorüber. Wenn man sich in einem ausgereiften Schoner befand, bestand für einige Zeit tatsächlich die Illusion, normal zu träumen. Nach einiger Zeit ließ dieses Gefühl immer nach. Obwohl man schlief, war man sich des Schoners bewusst, wie einem Traum, aus dem man dennoch nicht erwachte. Der Palmenstrand war bereits mein dritter Schoner gewesen, und ich fragte mich, wie lange es dauerte, bis ich genug von diesem sogenannten New York haben würde.

An einer Seitenstraße sah ich einen blauen Knopf an der Wand. Die pilzförmigen Knöpfe waren eine Erfindung von Sleepworx, die einem helfen sollte, sich innerhalb der Schoner zurechtzufinden. Grüne Knöpfe erschienen, wenn man begann, sein Bewusstsein auszuschalten. Sie halfen einem auch, wenn sich die im Unterbewusstsein ablaufenden Berechnungen in die Bewusstseinsebene zu schieben drohten. Ich weiß nicht genau, wie es funktioniert, aber es hat wohl etwas mit einer Technik zu tun, die der Selbsthypnose ähnelt. Jedenfalls hilft es meistens. Ein Druck auf den grünen Knopf, und mein unruhiger Schlaf wird tiefer, und lästige Gedanken verschwinden im Nichts. Die roten Knöpfe sind da, um bei Bedarf schnell aus dem Schoner aussteigen zu können. Manchmal kann es sein, dass man eigentlich dabei ist aufzuwachen, aber das Programm des Schoners ungerührt weiterläuft. Ein kurzer, bewusster Gedanke an die Worte *Gefahr*, *Notfall* oder *raus*, und auf der Stelle erscheint der rote Pilz, der den Schoner zuverlässig beendet. Ich hatte ihn bisher nie gebraucht, aber ich musste mindestens einmal pro Woche üben, denn ohne Training war es nicht ganz einfach, einen Knopf erscheinen zu lassen. Blaue Knöpfe waren mir bisher noch nie begegnet. Es musste sich um eine Neuentwicklung handeln, von der mir Sam nichts gesagt hatte. Oder von der man ihr nichts gesagt hatte. Sie war zwar weit mehr als die kleine Labortechnikerin, für die sie sich ausgab, aber die Programmierung neuer Schoner war definitiv nicht ihr Aufgabengebiet.

»Vielleicht ist es ja der Lichtschalter«, sagte ich laut, aber keiner der Avatare, die sich in meiner Nähe befanden, schien daran Anstoß zu nehmen. Ohne lange zu fackeln, drückte ich auf den blauen Knopf. Nichts geschah. Vermutlich waren die geplanten Funktionen noch nicht hinterlegt, und die Programmierer hatten vergessen, den Knopf aus der Simulation zu entfernen. Ich beschloss, mich ein wenig in der neuen Umgebung umzusehen, in der ich mich die nächsten Wochen Nacht für Nacht aufhalten sollte. Wenn man sich innerhalb des Schoners befand, schwebte man in einem seltsamen Zustand zwischen bewusstem Erleben und einem gewissen Ausgeliefertsein an das Programm. Da das Unterbewusstsein mit den Rechenoperationen beschäftigt ist, fehlen einem die meisten Instinkte. Man empfindet kaum Gefühle; weder Furcht, noch Wut oder Liebe. Vielleicht war das auch der Grund, warum mich Manuela nie sonderlich beeindruckt hatte. Auch wenn man sich nach dem Erwachen an die wenigsten Dinge erinnern kann, fühlt man sich doch jedes Mal ein wenig, als ob man den Traum eines Roboters geträumt hatte.

Ich ging weiter und sah mich um. Es lag zwar immer noch kein Müll herum, aber wenigstens quollen einige Abfallkörbe über. Die Programmierer waren auf einem guten Weg. Ich kam an einen großen Platz. Da es keine Beschilderung gab, nahm ich an, dass dieser wohl den Times Square darstellen sollte. Die Avatare wurden immer zahlreicher, bis ich nur noch langsam in der Menge vorankam. Immer wieder rempelte mich jemand an, und zu meinem Erstaunen fühlte ich nicht nur bei jeder Berührung einen leichten Schmerz, sondern wurde auch allmählich ärgerlich. Schmerz, Ärger, und selbst Erstaunen hatte ich seit langer Zeit in keinem meiner Träume mehr erfahren. Mir fiel auch auf, dass ich mir ungewöhnlich deutlich bewusst war, dass ich mich in einem Schoner befand. Ich bahnte mir einen Weg aus der Menge heraus und setzte mich auf eine Bank. Die untergehende Sonne spiegelte sich in den Glasfassaden der Wolkenkratzer. Bei deren Anblick fragte ich mich, ob ich wohl eines der Gebäude betreten konnte oder ob ich verriegelte Türen vorfinden würde, weil ihr Innenleben noch nicht programmiert war. Die Antwort auf meine Frage kam in Form eines jungen Mannes auf mich zu, der sich neben mich setzte und versuchte, mich anzusprechen. Ich sage »versuchte«, weil er derart außer Atem war, dass er kaum ein Wort herausbrachte. Ich hatte das Gefühl, ihn zu kennen, aber diesen Eindruck bekommt man mit der Zeit, wenn man genügend Avatare gesehen hat. Irgendwo hat jeder Programmierer seine Vorlieben oder spezielle Begabungen. Beispielsweise für schöne Nasen, die man dann in den Gesichtern von zahlreichen weiblichen Avataren bewundern kann. Der junge Mann wischte sich den Schweiß von der Stirn und streckte mir dann seine feuchte Hand entgegen.

»Bin ich froh, dass ich dich gefunden habe! Die Stadt ist noch nicht groß, aber man kann sich schon prächtig darin verlaufen.«

Ich ignorierte seine Hand.

»Kennen wir uns?«

»Ich bin's, Michael! Der Neue!«

Ich erinnerte mich. Er war vor einigen Wochen bei Sleepworx eingestellt worden, und wir waren uns gelegentlich über den Weg gelaufen. Ein netter, ruhiger Kerl. Sein Avatar hingegen war ziemlich aufgekratzt.

»Du musst sofort mitkommen! Es ist etwas schiefgelaufen! Die Barriere ist dabei zusammenzubrechen!«

Er zerrte mich hoch, und bevor ich mich hätte wehren können, hatte er mich zu einem der Wolkenkratzer geführt. Ich hatte aufgehört mich zu wundern, denn offensichtlich befand ich mich in einem Schoner, der sich noch in der Testphase befand. Ich vermutete, dass jetzt eine Art Adventure starten würde, in dem wir Aufgaben zu lösen und Gefahren zu bestehen hatten. Das bedeutete tatsächlich eine Abwechslung von meinen endlosen Nächten am Palmenstrand, und so spielte ich mit.

Das Gebäude war ein typischer Bürokomplex. Mehr als zehn Stockwerke hoch und mit einer großen Empfangshalle, in die wir ungehindert durch eine Drehtür eintraten.

»Und was sollen wir hier? Was ist das für eine Barriere, von der du vorhin gesprochen hast?«

»Die Barriere zwischen deinem und meinem Unterbewusstsein. Und denen von einigen anderen Leuten.«

Er schob mich in einen Aufzug und drückte den Knopf für das oberste Stockwerk. Zunächst geschah nichts, doch dann setzte sich die Kabine in Bewegung.

»Gott sei Dank, er funktioniert! Ich habe dich vorhin im Gebäude nebenan gesucht. Alles war fertig, nur die Aufzüge haben sie vergessen, diese Stümper! Entwickeln Wolkenkratzer und lassen einen dann vierzehn Stockwerke zu Fuß rauf und wieder runter rennen!«

Er stützte seine Hände auf den Knien ab und versuchte, endlich seine Atmung unter Kontrolle zu bringen. Ich beließ es dabei, in der Ecke der Kabine zu stehen und ein ratloses Gesicht zu machen. Es war ungewöhnlich, dass ich mir meines Traumes so klar bewusst war und mich mit einem Avatar darüber unterhalten konnte. Ich schnitt eine Grimasse und betrachtete mich in dem Spiegel, der in der Fahrstuhlkabine angebracht war. Auch das war ein Novum. In keinem meiner Träume hatte ich bisher einen Spiegel gefunden. Selbst wenn ich mich an meinem Palmenstrand über die glasklare Oberfläche des Wassers gebeugt hatte, hatte ich niemals mein Spiegelbild sehen können. Auf den ersten Blick sah ich aus wie immer, nur dass ich einen altmodischen Anzug trug, der mir eine Nummer zu klein war.

Michael hatte sich inzwischen so weit erholt, dass er wieder sprechen konnte.

»Was machst du da? Lass' die Faxen und hör mir zu! Warte, nein, sag' mir bitte, dass du Bescheid weißt!«

»Was?«

»Sag' jetzt bitte, dass dir bewusst ist, dass das hier nichts mehr mit der normalen Simulation zu tun hat!«

»Es kommt mir offen gestanden schon ein wenig seltsam vor, aber was soll es denn sonst sein? Du willst doch wohl nicht behaupten, dass dies die Realität ist?«

Ich schlug mit meiner Faust einige Male mit aller Kraft gegen den Spiegel. Er blieb unbeschädigt, und die Geräusche, die meine Schläge verursachten, waren kaum zu hören.

»Natürlich sind wir nicht in der Realität. Ich will dir ja die ganze Zeit alles erklären. Man hat mich im AIDS-Projekt eingesetzt. Du weißt schon, wir versuchen ein Gegenmittel zu finden und rechnen alle Formen durch, die das Virus theoretisch annehmen kann.«

»Und jetzt hat sich das Virus in das Schoner-Programm geschlichen, oder was?«

»Unsinn. Das Projekt erfordert eine unglaubliche Rechenleistung. Ein Unterbewusstsein allein genügt natürlich nicht. Viele von uns arbeiten daran, einige Dutzend, glaube ich. Das Problem ist der Informationsaustausch. Fast jede Nacht kommen wir zu neuen Ergebnissen, die den anderen erst zugänglich gemacht werden können, sobald wir bei Sam waren und sie die Daten heruntergeladen und in die anderen Speicher kopiert hat. Das dauert alles viel zu lange. Deswegen ist Sleepworx dazu übergegangen, einigen von uns Avatare von anderen einzuspeisen. Diese haben eine Verbindung zu ihren zugehörigen Personen in der realen Welt. Zumindest hat man mir das gesagt. Vorhin habe ich zum Beispiel Frank getroffen, aber es war nichts mit ihm anzufangen. Nachdem ich versucht hatte, ihm alles zu erklären, hat er es tatsächlich geschafft, eine offene Bar zu finden. Dort hockt er jetzt.«

»Und was soll das Ganze? Ein besonders unterhaltsamer Schoner ist das nicht gerade! Woher weißt du eigentlich das alles?«

»Ich habe es selber herausgefunden, aber es war nicht besonders schwer. Du wirst es gleich selber sehen.«

Der Aufzug hatte endlich angehalten. Wir traten in einen langen Korridor mit unzähligen grauen Türen. Michael öffnete eine davon und schob mich hinein. Der Anblick verschlug mir die Sprache. Ich hatte erwartet, ein kleines Büro vorzufinden, aber darauf war ich nicht vorbereitet gewesen.

Ich befand mich in einem Labor von der Größe einer Sporthalle. Die Wände waren gesäumt von großen Tischen, auf denen unzählige Mikroskope, Spektrografen und andere Geräte standen, die ich nicht benennen konnte. Die Mitarbeiter des Labors standen dicht gedrängt und blickten ängstlich zur Tür. Als sie Michael hereinkommen sahen, entspannten sie sich ein wenig. Sie alle trugen seltsame Kleidung. Ein älterer Mann mit grau melierten Haaren steckte sogar in einem recht freizügigen Kleid, das ich gerne einmal an Manuela gesehen hätte. Oder an Sam. Der Grund, warum niemand arbeitete, war offensichtlich. In der Mitte des Labors klaffte ein Loch von ungefähr zehn Metern Durchmesser im Boden. In der Öffnung tobte ein kleiner Wirbelsturm, der neben Möbelstücken und Laborgeräten auch einige Avatare in seiner Gewalt hatte und diese langsam aber unaufhörlich im Kreis wirbelte. Rundherum war der gesamte Boden mit Sand bedeckt.

»Was ist das hier?«

Ich blickte in die Runde, aber erst als ich Michael fixierte, bekam ich eine Antwort. Das war ein bekanntes Phänomen. Die Avatare antworteten nur, wenn sie direkt angesprochen wurden und auch tatsächlich eine Antwort parat hatten.

»Dies ist der virtuelle Raum, in dem unsere Avatare an dem Virus forschen. Die Öffnung im Boden, die dir vielleicht nicht entgangen ist, ist übrigens nicht das Virus, sondern eine Art Schnittstelle, mit der wir mit anderen Avataren kommunizieren. Sie ist normalerweise so groß wie ein Fernseher und funktioniert auch so ähnlich, aber irgendetwas ist außer Kontrolle geraten. Die Avatare verändern sich, und wie du wahrscheinlich schon bemerkt hast, sind wir uns plötzlich alle sehr genau bewusst, dass wir uns in einem Schoner befinden. Wir wissen allerdings nicht mehr in wessen Schoner. Wir befürchten allmählich, dass dieser Zustand auch unsere Existenz in der realen Welt beeinflussen könnte.«

Damit hatte Michael bereits meine nächste Frage beantwortet.

»Wie hat es denn begonnen? Vielleicht können wir rekonstruieren, was das Interface vergrößert hat und können den Vorgang umkehren.«

Ich hatte im Grunde nicht die geringste Ahnung, was hier vorging, aber ich hatte beschlossen, ruhig zu bleiben. Im Aufzug hatte ich probeweise an den roten Knopf gedacht, aber er war nur sehr verschwommen an der Decke erschienen. Ich hätte Mühe gehabt, ihn zu erreichen. Das Problem mit uns Sleepworkern ist, dass wir zwar teilweise die Arbeit von Wissenschaftlern erledigen, selber aber keine sind. Die schlauen Programme werden eingespeist, und alles, was wir tun, ist unsere Schädel als biologische Transistoren zu vermieten. Ich persönlich hatte mich die letzten Jahre vor Sleepworx damit durchgeschlagen, Eis zu verkaufen. Kein schlechter Job, aber schlecht bezahlt, und er bereitete einen keineswegs auf eine Situation wie diese vor. Michael sagte nichts, dafür sprach mich der Mann in dem aufreizenden Kleid an:

»Das Interface hängt normalerweise an der Wand und manifestiert sich nur auf unseren Wunsch. Heute hat es sich selbstständig gemacht. Es rutschte von der Wand auf den Boden, es gab eine Art lautlose Explosion und eine blaue Rauchsäule in Form eines Pilzes stieg auf. Dann begann der Wirbel, und wer oder was sich in seiner Nähe befand, wurde hineingezogen. Seither ist nicht viel passiert, auch wenn manche Dinge nicht mehr dieselben sind wie zuvor.«

Er deutete mit einem gequälten Lächeln auf seine Kleidung. Bei der Erwähnung des blauen Rauchpilzes überlegte ich einen Augenblick, ob ich den blauen Knopf erwähnen sollte, den ich zu Beginn meiner Simulation gedrückt hatte. Ich ließ es dann aber doch sein. Selbst wenn dies der Auslöser für die ganze Misere sein sollte, würde uns diese Tatsache nicht weiterbringen, und ich würde nur den Zorn der anderen auf mich ziehen. Sofern sie Zorn empfinden konnten. Die Tatsache, dass sie offensichtlich Angst hatten, legte diese Vermutung allerdings nahe.

Wir standen alle ein wenig unschlüssig herum, bis sich die Tür wieder öffnete und Frank eintrat. Seine Kleidung war schmutzig. Er war offenkundig betrunken und stank wie ein nasser Hund. Ich glaube, wir alle waren derart überrascht, dass dies bei einem Avatar möglich war, dass wir für einige Sekunden den Wirbelsturm und unsere Lage vergaßen.

»Was isn das für ne traurige Versammlung hier? Ist das ne Beerdigung, oder warum macht ihr alle so Trauermienen? Ui!«

Er hatte das expandierende Interface entdeckt und ging einige Schritte darauf zu. Michael versuchte, ihm die Lage zu erklären, und Frank murmelte ab und zu einige zustimmende Worte.

»Das kenn ich.«

Wir alle hielten den Atem an, was Avatare ziemlich gut und lange können.

»Wenn früher mein Computer gesponnen hat, oder ich einfach keine Lust mehr zum Arbeiten gehabt hab, dann hab ich einfach ne Tasse Kaffee in das Mistding rein geschüttet, dann war ersmal Feierabend!«

Er rülpste und blickte triumphierend in die Runde, als ob er uns soeben die Weltformel verraten hätte.

»Ich seh schon, ihr begreift mal wieder nix! Pass auf, Kaffee hamwer hier nich, aber das tut's vielleicht auch!«

Er zog eine Flasche aus seinem ausgebeulten Mantel, öffnete sie, warf den Verschluss in den Wirbel und betrachtete aufmerksam, wie dieser herum geschleudert wurde. Dann setzte er die Flasche an, nahm einige tiefe Schlucke und verdrehte die Augen.

»Definitiv besser als Kaffee. Definitiv. Und jetz pass uff!«

Er drehte die Flasche um und schüttete ihren Inhalt in die Öffnung am Boden. Der Schnaps wurde genauso wie alle anderen Dinge mitgerissen und auf eine Kreisbahn befördert. Einige der Avatare, die sich schon länger darin befanden, bekamen einige Spritzer ab, zeigten aber keinerlei Reaktion. Frank war offenkundig überrascht und verärgert.

»Du Mistding, na warte, dir werde ich schon den Stecker ziehen!«

Er ging einige Meter zurück, und bevor ihn jemand davon abhalten konnte, hatte er Anlauf genommen und war ins Zentrum des Wirbels gesprungen. Wir alle erstarrten, als er für die Dauer eines Wimpernschlages in der Luft schwebte und dann in die Öffnung abtauchte. Einige Sekunden vergingen, dann hörten wir seine Stimme.

»Hier unten isses verflucht dunkel, aber da ist so was wie'n blauer Pilz. Soll ich mal draufdrücken?«

Es gab einiges Für und Wider, und ich gebe zu, dass ich mich lautstark dafür aussprach. Irgendwann wurde Frank die Diskussion zu bunt, und er verkündete, dass er es einfach versuchen würde.

Zuerst konnte ich die Veränderung nicht genau benennen, obwohl sie im Grunde sehr deutlich war. Ich konnte mich selbst sehen. Ich stand meinem eigenen Avatar in dem Anzug mit den kurzen Ärmeln gegenüber, der mich ziemlich verdutzt ansah. Auch die anderen Avatare schienen sehr überrascht zu sein, obwohl ich bei ihnen keine Veränderung erkennen konnte. Einige begannen zu schreien, andere schlossen die Augen und rissen sie wieder auf. An verschiedenen Stellen im Labor erschienen rote Knöpfe. Erst nur wenige, dann wurden es immer mehr, bis auch ich mich darauf konzentrierte und schließlich den roten Pilz drückte, der mit einem satten Geräusch einrastete.

ch erwachte und fühlte mich benommen. Es war noch immer dunkel in meinem Schlafzimmer. Es dauerte einige Zeit, bis ich realisierte, dass ich mich nicht mehr im Schoner befand. Ich beschloss, mir ein Glas Wasser zu holen. Ich war aber noch so verwirrt, dass ich nicht in die Küche, sondern in einen Abstellraum ging. Dort stolperte ich über einen alten Stuhl, an den ich mich nicht erinnern konnte. Als ich mich hinunter beugte, um den Stuhl zur Seite zu stellen, fiel mein Blick auf eine Glasscherbe, die von einem alten Spiegel stammen musste. Als ich hineinblickte, steigerte sich meine Verwirrung weiter. Bis ich endlich begriff. Ich wurde erst wütend und bekam dann panische Angst, bis schließlich der Zorn die Oberhand behielt. Zumindest konnte ich mir jetzt sicher sein, mich nicht mehr in einem gefühlsreduzierten Schoner zu befinden.

ams roter Lockenkopf erschien in der Tür. Ich war früh dran und der einzige Sleepworker im Wartezimmer. Sam bat mich herein, und ich legte mich wie jedes Mal auf die Couch. Mein bekümmerter Gesichtsausdruck blieb ihr nicht lange verborgen.

»Was ist los, stimmt etwas nicht? Hat es Probleme gegeben?«

Ich antwortete nicht, sondern versuchte herauszufinden, ob sie die Veränderung selbst bemerken würde.

»Was siehst du mich so grimmig an? Wenn etwas nicht stimmt, musst du es mir schon sagen, sonst kann ich dir nicht helfen! Herrgott, mach endlich den Mund auf! Hey! Michael! Hörst du mich? Michael?«

Ich war gespannt auf ihren Gesichtsausdruck, sobald ich das Missverständnis aufgeklärt hatte.

»Michael? Nun, ich hoffe, er hat meine Wohnung nicht zu sehr durcheinandergebracht. In Zukunft hätte ich übrigens gerne wieder den Palmenstrand und meine Manuela. Vorher würde ich aber gerne auch wieder meinen eigenen Körper haben.«

Sams Gesicht nahm die Form eines Fragezeichens an.

»Ich bin Stefan.«

Ihre Grimasse entschädigte mich ein wenig für die ganzen Verwechslungen und Unannehmlichkeiten, denen ich die letzten Stunden ausgesetzt gewesen war. Dennoch beschloss ich, eine kleine Auszeit zu nehmen, sobald einige Dinge wieder im Lot waren.

ENDE

***Sleepworx** ist die erste von mir in **c't** veröffentlichte Story. Sie erschien in der Ausgabe 20/2005. Für diese Veröffentlichung wurde sie kritisch durchgesehen und behutsam bearbeitet.*

TTT & T GMBH

Auszug aus den Allgemeinen Geschäftsbedingungen der TimeTravelTransports & Transmissions Ltd.:

– Sie werden in der Regel kurz vor Ihrem Tod abgeholt. Gegebenenfalls auch kurz danach – je nachdem, was die Situation erfordert.

– Der Vertrag wird unwirksam, wenn Sie bei der Ausübung einer kriminellen Handlung oder durch die Vollstreckung einer Todesstrafe ums Leben kommen. Selbiges gilt für nachgewiesenen Selbstmord.

– Rechtmäßigkeit des Vertragswerkes: Dieser Vertrag widerspricht keinen heute geltenden Gesetzen. Ein Teil Ihrer Einlagen wird dafür verwendet, um Anwälte zu bezahlen, die dafür sorgen, dass sich auch in Zukunft nichts daran ändern wird.

– Wir behalten uns vor, die Einhaltung Ihrer Pflichten und die Richtigkeit Ihrer Angaben durch einen Bevollmächtigten unserer Gesellschaft auf Ihre Kosten prüfen zu lassen.

Thomas Nell warf nur einen flüchtigen Blick auf das Grab und suchte sich dann einen Platz, von dem aus er die Trauergäste unauffällig beobachten konnte. Sie standen in einer langen Reihe an, um dem Mann, der in dem offenen Sarg lag, die letzte Ehre zu erweisen. Es waren hauptsächlich ernste Männer in schwarzen Anzügen, die kleine Kinder an den Händen hielten, die seltsam gefasst wirkten, als hätten sie in ihrem kurzen

Leben bereits zahlreiche Beerdigungen miterlebt. Nur einige Frauen weinten. Viele blickten Nell angewidert an, und eine Gruppe alter Frauen schleuderte lautlose Flüche in seine Richtung. Er hatte die meisten ihrer Männer und Söhne in den vergangenen Jahren mehrmals verhaftet und dafür gesorgt, dass einige von ihnen bis heute hinter Gittern saßen. Er ließ seinen Blick über die Menschenmenge schweifen und dachte einen Moment daran, dass er die meisten der Anwesenden auf der Stelle ebenfalls verhaften könnte, wenn er ausreichend Beweise gehabt hätte. Auf dem Friedhof hatte sich an diesem Morgen die größte und gefürchtetste Mafia-Familie der Stadt versammelt. Nell wusste, dass sein Leben keinen Pfifferling wert gewesen wäre, wenn er sich nicht in der Gesellschaft einiger anderer Polizeibeamten befunden hätte.

Nachdem der Pfarrer seine Predigt beendet hatte, schlossen einige junge Männer den Deckel des Sarges und hoben ihn auf die Vorrichtung, die ihn in die Grube befördern würde. Der Sarg schien sehr schwer zu sein, was Nell nicht wunderte. Don Vito hatte die letzten Jahre gut gelebt, und man hatte es ihm angesehen. Jetzt war es vorbei. Nell hatte den Mann verloren. Er war ihm viele Jahre auf den Fersen gewesen, und gerade als er glaubte, ihm die Verantwortung für eine Reihe von Morden nachzuweisen, war er gestorben. Einfach so. Don Vito war nicht im Kugelhagel der Polizei gefallen, wie er es verdient gehabt hätte, und kein neidischer Konkurrent in der Familie hatte ihn aus dem Weg geräumt. Er hatte zu Hause einen neuen Herd anschließen wollen, weil selbst Mafia-Paten manchmal zu geizig für einen Handwerker waren. Eine freiliegende Stromleitung hatte seinem alten Herz den Todesstoß versetzt, gerade in dem Moment, als zwei Dutzend Polizisten sein Haus umstellt hatten. Nell hatte die Geschichte zunächst nicht glauben wollen. Die

Familie hatte ihre eigenen Ärzte, und auf ihre Angaben war kein Verlass. Nell hatte nicht nur darauf bestanden, dass der Leichnam von einem Gerichtsmediziner untersucht wurde, er hatte auch angeordnet, Gewebe zu entnehmen und es mit älteren Proben zu vergleichen. Es bestand kein Zweifel: Es handelte sich bei dem Toten nicht etwa um einen Doppelgänger, sondern um Vito Trattore, und er war eines halbwegs natürlichen Tod gestorben. Dennoch kam Nell die Sache seltsam vor. Der Zeitpunkt war einfach zu günstig für Don Vito gewesen. Die Beweise waren wasserdicht, und die Zeugen hatten ihre Aussagen schriftlich hinterlegt und waren bereits mithilfe des Zeugenschutzprogrammes untergetaucht.

Unter den Anwesenden bemerkte Nell einen Mann, der nicht zu der restlichen Trauergemeinde zu passen schien. Er war sehr elegant in einen teuren Anzug gekleidet, aber er hielt sich ebenso wie Nell abseits von den Angehörigen des Verstorbenen. Vielleicht war er ein Reporter. Er hatte eine Kamera oder etwas Ähnliches um den Hals hängen, benutzte sie aber anscheinend nicht. Er konnte genauso gut ein bezahlter Auftragskiller sein, der hier sein nächstes Opfer ausspähte. Als der Sarg den Boden der Grube erreicht hatte, wandte er sich ab.

Die Frau des Verstorbenen trat an den Rand des Grabes und warf eine Handvoll Erde hinab. Nell kam es vor, als ob die Erde beim Aufprall ein seltsam hohles Geräusch erzeugte, aber er wusste, dass seine überreizten Sinne ihm einen Streich spielten. Don Vito war in dem Sarg, er hatte ihn gerade eben noch gesehen. Als alle Angehörigen ein letztes Mal Abschied genommen hatten, begann der Friedhofsgärtner ohne Umschweife, das Loch mit Erde zu füllen. Nell glaubte, aus der Ferne Don Vitos Stimme zu hören. Er schüttelte den Kopf und wandte sich zum Gehen.

Felix Siem war nicht zufrieden. Er hatte seine Arbeit vorschriftsmäßig gemacht, und niemand schien etwas bemerkt zu haben, aber es gab noch jede Menge Ungereimtheiten. Zunächst hatte er den Auftrag ausführen und die alten Verträge erfüllen müssen. Er hätte die Angelegenheit lieber zu einem früheren Zeitpunkt erledigt. Er war es gewohnt, sich nachts in Krankenhäuser und Leichenhallen zu schleichen, aber die Polizei hatte den Leichnam erst kurz vor der Beerdigung freigegeben. Sie hatten ihm damit seine Arbeit erschwert, obwohl sie doch im Grunde dasselbe Ziel hatten. Manchmal wünschte sich Siem, dass er mit den Behörden zusammenarbeiten könnte, aber das war natürlich vollkommen undenkbar. Sie würden ihn vermutlich für verrückt erklären und lange Jahre einsperren. Und selbst wenn sie ihm glauben würden, würde dies nur zu großem Aufruhr und sozialen Konflikten führen. Was die Arbeit seiner Kollegen erheblich erschweren würde. Siem hatte Kommissar Nell lange beobachtet. Er war von derselben Leidenschaft getrieben wie er, das war unübersehbar. Wie gerne hätte er sich mit ihm ausgetauscht. Jeder von ihnen hatte die Antworten auf die Fragen des anderen, und doch durften sie keinen Kontakt zueinander aufnehmen. Es sei denn, man würde eine Möglichkeit finden, die Spuren ihres Treffens zu verwischen.

Der Zeitpunkt war richtig gewesen, davon war Siem überzeugt. Er hatte nicht mit dem geöffneten Sarg gerechnet, aber anscheinend hatte alles funktioniert. Der Strahler war auf Don Vitos Genstruktur programmiert, und sein fetter Körper befand sich jetzt aller Voraussicht nach zweihundert Jahre in der Zukunft, wo sich Ärzte darum bemühten, ihn wieder zum Leben zu erwecken, und Anwälte sich ins Zeug legten, um die Rechtmäßigkeit der Angelegenheit zu untermauern. Vieles würde von Siems Bericht abhängen, und er musste auf Nummer sicher gehen.

— Wir garantieren unseren Klienten größtmögliche Diskretion. Gelegentlich werden ungewöhnliche Aktionen notwendig sein, die in der Umgebung des Vertragspartners zu Irritationen führen können, aber wir sind stets bemüht, diese so gering wie möglich zu halten.

Thomas Nell öffnete das Tor des Friedhofes und stellte erleichtert fest, dass es nicht quietschte. Er wusste selbst nicht genau, was er hier mitten in der Nacht suchte. Vielleicht nur einen Ort, an dem er in Ruhe nachdenken konnte. Die Sache war entweder faul — oder eine Kette seltsamer Zufälle. Er glaubte nicht an Zufälle. Nicht, nachdem er sich fast vierzig Jahre mit der organisierten Kriminalität in dieser Stadt beschäftigt hatte. Viele seiner jüngeren Kollegen hielten ihn für ein wenig sonderbar, aber im Grunde bewunderten sie ihn für seine Erfahrung und die Intuition, die ihm bei der Lösung seiner Fälle half. Einige glaubten, dass er es nicht verwand, dass ihm wenige Monate vor seiner Pensionierung der größte Fisch seiner Karriere durch die Lappen gegangen war. Offiziell war der Fall abgeschlossen, und die Ermittlungen konzentrierten sich nun auf andere Mitglieder der Familie Trattore. Nell näherte sich dem

Grab, um dem feigen Mörder einen letzten Gruß in die Hölle zu schicken, in der er jetzt vermutlich schmorte. Er hatte nicht erwartet, dass sich noch jemand am Grab aufhalten würde. Die Silhouette eines Mannes, der sich über den frischen Erdhügel beugte, zeichnete sich klar im Mondlicht ab, und ein Geräusch wie von einer kleinen elektrischen Bohrmaschine hing in der Luft. Nell duckte sich hinter einen Grabstein und beobachtete den Mann. Nach einigen Minuten zog dieser eine dünne Stange aus dem Grab, die er Stück für Stück zusammenfaltete. Er verwischte die Spuren seiner Arbeit mit dem Schuh und wollte sich dann entfernen. Nell sprang hinter dem Stein hervor und warf den Mann zu Boden. Es war derselbe, der ihm bereits während der Beerdigung aufgefallen war. Er war mindestens dreißig Jahre jünger als Nell und deutlich stärker. Sie kämpften einige Zeit wortlos, dann erhielt Nell einen Schlag gegen das Kinn, der ihn für einige Sekunden benommen machte. Als er wieder klar sehen konnte, war der Mann verschwunden. Aber er hatte das seltsame Gestänge fallen lassen. Nell hob es auf und betrachtete es im Schein seiner Taschenlampe. Es war ein dünnes Rohr, an dessen Spitze ein kleiner Bohrkopf befestigt war. Nell griff zu seinem Telefon und verständigte nacheinander den Richter und einige Beamte, die er mit Schaufeln auf den Friedhof bestellte. Während er auf ihr Eintreffen wartete, musste er sich beherrschen, um nicht auf der Stelle mit den Händen die Erde über dem Sarg abzutragen.

ell, Sie wissen, wie abstrus sich Ihre Geschichte anhört? Vor allem um diese Uhrzeit?«

Der Richter war tadellos gekleidet, aber seiner Frisur sah man an, dass er vor zwanzig Minuten noch im Bett gelegen hatte, als ihn der Anruf erreichte. Jeden anderen hätte er einfach ausgelacht, aber er kannte Nell lange genug, um die Sache ernst zu nehmen.

»Ich habe den Mann beobachtet, wie er einen Kanal in die Erde gebohrt hat. Das kann nur eines bedeuten: Don Vito lebt noch, wie auch immer er das angestellt hat, und der Kerl hat ihm eine Belüftung verschafft!«

»Was Sie da erzählen, gefällt mir nicht. Don Vito ist tot, und damit wäre ich eigentlich zufrieden gewesen. Seine Söhne werden sich einen Kampf um seine Nachfolge liefern, und der eine oder andere wird dabei auf der Strecke bleiben. Jeder Einzelne ein Problem weniger. Und jetzt das!«

Die Beamten schaufelten rasch die Erde beiseite, und an einigen Stellen war noch zu erahnen, wo sich der Bohrer hindurch gefressen hatte, auch wenn der Großteil der Bohrung wieder verschüttet war. Der Richter zog die Stirn in Falten. Schließlich stießen die Männer auf den Sarg und legten ihn frei. Im Deckel befand sich ein kreisrundes Loch von etwa zwei Zentimeter Durchmesser. Nell sprang in die Grube und öffnete den Sarg. Darin lag Don Vito, und er war eindeutig tot. Der Bohrer war durch den Deckel gedrungen und hatte sich dann in Don Vitos Brust gebohrt. Fetzen von Haut und Fleisch ragten aus dem Loch, doch nirgendwo war Blut zu sehen. Vielleicht hätte es ihm gelingen können, sie alle zum Narren zu halten, aber er hätte es nicht ausgehalten, dass jemand ein Loch in seinen Körper bohrte. Das Fehlen von Blut war ein weiterer Beweis dafür, dass Don Vito tatsächlich bereits tot war, als der Bohrer in ihn drang. Aber das machte die Sache nur noch rätselhafter. Die Leiche wurde mitsamt dem Sarg gehoben und erneut in die Gerichtsmedizin gebracht.

— Wir gehen davon aus, dass die Medizin in Zukunft große Fortschritte gemacht haben und eine Heilung der meisten heute bekannten Krankheiten möglich sein wird. Die Geschichte zeigt allerdings, dass wir dafür keinerlei Garantie übernehmen können.

Die Ärzte versammelten sich um den gewaltigen Fleischberg und blickten ihn angeekelt an. Sie hatten ihn der Standardprozedur unterworfen, und allmählich sah er wieder wie ein menschliches Wesen aus. Die Verletzungen der inneren Organe waren leicht zu beheben gewesen, und der Zellgenerator hatte den begonnenen Verwesungsprozess wieder umgekehrt. Das vegetative Nervensystem funktionierte als Erstes und veranlasste Herz und Lungen, ihre Arbeit wieder aufzunehmen. Einer der Männer injizierte eine klare Flüssigkeit in eine Armvene, und nach einiger Zeit erwachte auch das Gehirn. Schließlich hob der Mann seine fleischigen Augenlider und sah sich verwundert um. Die Wände des Raumes waren strahlend weiß, und auch die Männer, die um ihn herum standen, waren vollständig in Weiß gekleidet. Alles war hell erleuchtet, und einige der Strahler blendeten ihn, sodass er kaum etwas erkennen konnte. Das war in etwa das, was sich nach einigen Erfahrungen als geeignete Umgebung für die Ankunft erwiesen hatte. Die Menschen erwarteten eine sterile und ein wenig unwirkliche Krankenhausatmosphäre, da dies in der Regel das Letzte war, was sie in ihrem Leben gesehen hatten. Viele begriffen nicht gleich, was mit ihnen geschehen war und mussten behutsam darüber informiert werden.

Andere hingegen wussten auf der Stelle Bescheid. Don Vito blinzelte, dann spannte sich sein Mund zu einem Haifischlächeln. Er wollte etwas sagen, doch zuerst kam nur etwas Flüssigkeit aus seinem Hals, und seine Lungen schmerzten. Dann versuchte er es erneut. Seine Stimme klang rau und Speichel spritzte aus seinem Mund:

»Willkommen in der Zukunft!«

Er war der Meinung, dass dies eigentlich die Worte der Männer hätten sein müssen, die ihn unverändert voller Abscheu anstarrten.

— Ihr plötzliches Verschwinden kann zu zahlreichen Komplikationen führen, sodass wir gezwungen sein könnten, behelfsmäßig für Ersatz zu sorgen. Dies ist eine der sichersten Methoden, um Aufsehen zu vermeiden und wird von einem unserer Mitarbeiter überwacht werden.

Thomas Nell betrat die Gerichtsmedizin mit denselben Gedanken, die ihn seit beinahe vierzig Jahren bei diesem Gang beschlichen. Er fragte sich, warum die Ärzte ihre Berichte nicht etwas schneller abfassen konnten und einfach ein paar Fotos beilegten. Don Vito lag auf dem Seziertisch, und sein riesiger Körper war glücklicherweise zu weiten Teilen mit einem grünen Tuch bedeckt. Nur sein Kopf und die Füße ragten darun ter hervor. Nell hatte Don Vitos Gesicht bereits wenige Stunden nach seinem offiziellen Tod gesehen und war überrascht gewesen, wie tief ein Gesicht einfallen konnte, das zu einem Großteil aus Fett bestand. Heute wirkte es voller und beinahe rosig. Es war kalt, wie er sich überzeugte, aber dennoch wirkte es eher wie das eines Schlafenden. Vielleicht hatten es die Verwesungsgase aufgebläht.

»Was gibt es, Doc? Was war das für eine Aktion mit dem Bohrer? Hat sich jemand beim Bohren des Luftkanals verschätzt, oder wollte dieser jemand sichergehen, dass der alte Halunke tatsächlich tot ist?«

»Auf den ersten Blick würde ich sagen, weder das eine noch das andere. Für mich sieht es so aus, als ob jemand eine Gewebeprobe entnommen hat.«

»Eine Gewebeprobe?«

»Ich erspare Ihnen die Einzelheiten, aber jemand hat ein Loch in Trattores Körper gebohrt und ein kleines Stück von etwa hundert Gramm aus dem Thorax herausgeschnitten.«

»Beim Herausziehen des Bohrers ist etwas Fleisch ausgetreten, kann das nicht das fehlende Stück gewesen sein?«

»Nein, wir haben auch das untersucht. Einige Teile waren eindeutig von dem Bohrer herausgelöst worden, doch im Inneren des Brustkorbes finden sich Schnitte einer kleinen, aber scharfen Klinge, die an dem Bohrkopf befestigt gewesen sein muss. Möchten Sie, dass ich es Ihnen zeige?«

Er grinste.

Nell schüttelte den Kopf. Er war zu verwirrt, um sich über den Gerichtsmediziner zu ärgern, der sich über seine im gesamten Kollegenkreis bekannte Empfindlichkeit gegenüber Leichen lustig machte. Die Spurensicherung hatte mit dem seltsamen Bohrgestänge nicht viel anfangen können. Es war genauso ausgestattet, wie es der Gerichtsmediziner vermutet hatte, und es schien, als ob es genau für den Zweck gebaut worden war, für den es letzte Nacht verwendet wurde. Es gab nur eine Erklärung für das alles.

»Auch wir haben eine Probe des Körpers entnehmen lassen. Wahrscheinlich wollte jemand sichergehen, dass nicht alles ein Täuschungsmanöver der Polizei ist. Jemand brauchte die Bestätigung, dass tatsächlich Don Vito in dem Sarg lag und nicht eine Attrappe.«

»Oder umgekehrt.«

»Was meinen Sie damit?«

»Wir haben, wie Sie richtig gesagt haben, eine Gewebeprobe entnommen. Ich selbst habe dies unter der Aufsicht eines Notars durchgeführt. Ich habe einige Gramm Gewebe aus der Fettschicht eines Unterschenkels herausgelöst. Und jetzt sehen Sie sich das an.«

Der Arzt schlug das Leichentuch zurück und deutete auf eine unscheinbare Stelle am linken Bein des Toten.

»Hier habe ich einen zehn Zentimeter langen Schnitt gesetzt, ungefähr hundert bis hundertfünfzig Gramm Gewebe entnommen und das Ganze mit groben Stichen wieder zugenäht. Jetzt ist davon nichts mehr zu sehen. Ich habe an einer anderen Stelle eine neue Probe entnommen und untersuchen lassen. Sie scheint identisch mit unseren bisherigen Proben von Don Vito zu sein. Aber dieser Körper hat keine Narbe, wo eine sein sollte. Ich weiß nicht, ob es so etwas wie menschliche Klone gibt, aber wer auch immer dieser hässliche Kerl hier ist, er kann eigentlich nicht Vito Trattore sein.«

– Es können zum jetzigen Zeitpunkt keine verbindlichen Angaben über Ihre Zukunft gemacht werden. Im günstigsten Fall erwartet Sie ein langes, wenn nicht sogar ewiges Leben in Reichtum. Möglicherweise können wir Sie auch nur auf eine kleine Spritztour mitnehmen und setzen Sie dann wieder an Ihrem Ausgangspunkt ab. Es ist denkbar, dass die Qualität und Dauer Ihres Aufenthaltes in der Zukunft von der Höhe Ihrer Einlagen abhängig sein wird.

Don Vito setzte sich auf und betrachtete eingehend seine neue Umgebung. Er hatte lange geschlafen, nachdem er das erste Mal für einige Sekunden wach gewesen war, und fand sich jetzt in einem komfortabel eingerichteten Zimmer wieder. Dicke Vorhänge verhüllten die Fenster, und in dem gedämpften Licht zeichneten sich wuchtige Möbel ab. An den Wänden hingen Ölgemälde in goldverzierten Rahmen. Alles wirkte auf den ersten Blick wie ein gewöhnliches Zimmer in einem Fünfsterne-Hotel. Es war nicht ganz das, was Don Vito gewohnt war, aber immerhin. Sein Herz schlug regelmäßig, aber noch immer spürte er den Schmerz, den ihm der Stromstoß versetzt hatte. Es war nicht schlimmer gewesen, als sich eine Kugel einzufangen, und auch das hatte er in seinem Leben mehrmals überstanden. Ein beherzter Griff mit beiden Händen nach den Starkstromkabeln, und alles war vorbei gewesen. Mit einem letzten Grinsen hatte er an die dämlichen Gesichter gedacht, die Nell und seine Kollegen machen würden, sobald sie ihn fanden.

Er stand auf und öffnete die Vorhänge. Das Fenster blickte auf einen Park, wie er an jedem Ort der Welt zu jeder Zeit hätte sein können. Viele Wiesen, einige Büsche und Bäume, und an den Wegen standen vereinzelt Bänke, auf denen jedoch niemand saß. Das alles war weit weniger spektakulär, als er erwartet hatte. Ein Blick in den Spiegel, der über einem Waschbecken befestigt war, vergrößerte seine Enttäuschung noch weiter. Sein dünner Haarkranz war noch immer grau, und sein fettes Gesicht war voller Falten. Eine alte Narbe lief von seiner Schläfe bis zum Kinn hinunter, und sein Körpergewicht drückte schwer auf seine arthritischen Gelenke. Konnte es sein, dass die Ärzte in der Zukunft in der Lage waren, ihn wieder zum Leben zu erwecken, aber es nicht schafften, sein Äußeres ein wenig ansprechender – und vor allem jünger – zu gestalten? Vielleicht wollten sie sich auch zunächst anhören, welche konkreten Wünsche er hatte, bevor sie damit begannen. War dies alles nur ein Traum? Oder war sein Tod ein Traum gewesen? Hatten ihn seine Mitarbeiter gefunden und an einen sicheren Ort gebracht? Er musste lächeln. Vermutlich hätten sie ihm eher ein Messer in den Rücken gerammt, als ihm zu helfen. Nein, er war in der Zukunft angekommen, vom Tode auferstanden. Selbst wenn er es niemandem gegenüber zugegeben hätte, war er doch immer davon überzeugt gewesen, dass es möglich war. Wo ein Wille ist, da ist auch ein Weg. Und wo viel Geld im Spiel war, da gab es auch genügend Wille. Er beschloss, sich ein wenig in seinem neuen Leben umzusehen, stellte aber fest, dass die Tür verschlossen war. Er klopfte wütend dagegen und rief, bis seine Fäuste schmerzten und er heiser war. Es war kein Traum, das war zumindest sicher. Erschöpft lies er sich in einen Sessel fallen.

Thomas Nell verließ das Gebäude der Gerichtsmedizin und schien noch immer in Gedanken versunken, als ihn plötzlich jemand von hinten umarmte, ihm dabei seine Pistole aus dem Schulterhalfter zog und ihm den Lauf in den Rücken presste. Er hörte das metallische Klicken des Sicherungshebels.

»Wie geht es Ihrem Kinn, Kommissar?«

Die Tür wurde von außen aufgeschlossen, und nach einem kurzen Klopfen trat ein junger Mann ein, ohne eine Antwort abzuwarten. Er war sehr groß, und sein Kopf schien ebenfalls ein klein wenig in die Länge gezogen zu sein. Er sprach langsam und ein wenig zu laut, als ob er unsicher war, ob sein Gegenüber ihn verstand.

»Guten Tag, Herr Trattore, mein Name ist Fredersen, ich bin Ihr persönlicher Arzt für die ersten Tage Ihres neuen Lebens! Wie fühlen Sie sich?«

Don Vito sprang von seinem Sessel auf.

»Alt! Ich fühle mich alt!«

»Aber, aber! Sie sollten sich jetzt nicht aufregen! Zwei Wiederbelebungen an einem Tag können überaus belastend sein. Sie sollten erst einmal froh sein, dass alles im Großen und Ganzen funktioniert hat. Wollen Sie denn gar nicht wissen, wo – beziehungsweise wann Sie sich befinden?«

»Was soll das heißen: *im Großen und Ganzen*? Und wo oder wann zum Teufel befinde ich mich?«

»Wir schreiben das Jahr 2207. Die Technologie, welche Zeitreisen ermöglicht, und erweiterte Kenntnisse der Wiederbelebung konnten wesentlich früher entwickelt werden als gedacht. Ich möchte nicht verschwei-

gen, dass wir dies nicht zuletzt Menschen wie Ihnen –
verdanken, die das Projekt von Beginn an unterstützt
haben!«

Bei dem Wort ›verdanken‹ zögerte er einen Augenblick und blickte zu Boden.

»Darf ich?«

Er griff an Vito Trattores Handgelenk und fühlte
seinen Puls.

»Es gibt noch gewisse rechtliche Probleme, aber dafür bin ich der falsche Ansprechpartner. Ihr Anwalt wird
Sie in Kürze aufsuchen und Ihnen die Lage genauer erklären.«

»Was für eine Lage? Ich kenne die Statuten des Ver-
trages sehr genau! Allein die Tatsache, dass ich hier bin,
beweist doch, dass alles korrekt abgelaufen ist – oder
nicht?«

»Nun, soweit ich weiß, gibt es bisher keine Beweise
für eine Vertragsverletzung Ihrerseits, aber Sie scheinen
zu Ihrer Zeit nicht den besten Ruf gehabt zu haben ...«

Don Vito schleuderte den Arm des Arztes von sich
und sprang auf, um ihm eine Ohrfeige zu verpassen,
doch der Mann war von einem Augenblick zum anderen
aus dem Zimmer geflohen, und die Tür fiel wieder hinter
ihm ins Schloss.

Nell war den Anweisungen des Mannes gefolgt,
und nun saßen sie auf einer Bank in einer schat-
tigen Ecke des Institutsgeländes. Die Pistole war unter
dem Jackett des Mannes versteckt, aber Nell sah, dass
der Lauf noch immer auf ihn gerichtet war.

»Ich werde Sie nicht mit langen Vorreden langweilen, dennoch bin ich Ihnen wohl die eine oder andere

Erklärung schuldig. Sie werden mir zunächst kein Wort glauben, aber das wird sich ändern. Wenn Sie wollen, können Sie Ihre Hände jetzt runternehmen, aber behalten Sie sie bitte dort, wo ich sie sehen kann.«

Nell blickte dem Mann, mit dem er in der letzten Nacht auf dem Friedhof gekämpft hatte, gerade ins Gesicht, dann steckte er seine Hände demonstrativ in die Hosentaschen.

»Dann schießen Sie mal los. Nach Möglichkeit mit Worten.«

Sein Gegenüber rang sich ein Lächeln ab.

»Mein Name ist Felix Siem. Ich bin von der Firma TimeTravelTransports & Transmissions beauftragt worden, den Tod von Vito Trattore zu untersuchen. Ich komme aus dem Jahr 2207. Verdrehen Sie ruhig die Augen! Jede andere Reaktion von Ihnen hätte mich enttäuscht. Ungefähr in den neunziger Jahren des zweiundzwanzigsten Jahrhunderts wurden Zeitreisen entwickelt. Die Firma wurde 1998 gegründet, und bereits damals haben Menschen mit Visionen Geld angelegt, um das Projekt zu unterstützen. Diese Gelder haben beinahe zweihundert Jahre lang Zinsen und Zinseszinsen erwirtschaftet, und am Ende stand eine so gewaltige Summe, dass sie ausreichte, um die hervorragendsten Wissenschaftler der Welt an dem Problem forschen zu lassen. Sie brauchten nicht einmal zehn Jahre für die Lösung. Jetzt sind wir gezwungen, unsere Finanziers in die Zukunft zu holen, wie es ihnen zweihundert Jahre zuvor zugesichert worden war. Wahrscheinlich hatte damals niemand wirklich daran geglaubt, dass es eines Tages dazu kommen würde. Ich denke, die meisten haben nur aus Spaß ein paar Dollar investiert, aber wir müssen die Verträge einhalten.«

»In die Zukunft zu holen? Was reden Sie da für einen Unsinn? Ich bin hier, um Morde aufzuklären, und ich will wissen, was sie letzte Nacht auf dem Friedhof zu suchen hatten.«

Nell stand auf und ging einen Schritt auf Siem zu.

»Bitte setzen Sie sich wieder. Ich möchte Sie nicht verletzen. Ich wollte mich vergewissern, dass alles reibungslos verlaufen ist, deswegen war ich an Trattores Grab. Normalerweise entfernen wir unsere Kunden noch lebend aus dem Krankenhaus – oder spätestens aus der Leichenhalle. Ihre Körper werden durch genetische Duplikate ersetzt. Sehen Sie mich nicht so entsetzt an! Es sind keine Menschen, nur Zellhaufen, die von unseren Technikern zu einem menschenähnlichen Klumpen geformt werden und niemals gelebt haben! Da die Polizei Trattores Körper so lange in Beschlag genommen hatte und der Sarg selbst bei der Beerdigung in aller Öffentlichkeit ausgestellt wurde, konnte ich den Austausch erst vornehmen, als der Sarg bereits in der Grube lag. Der Vorgang an sich erfolgt für mich mit einem simplen Knopfdruck, aber ich konnte nicht ohne Weiteres überprüfen, ob das Body-Double Trattores Platz eingenommen hatte. Ich wollte nicht das Risiko eingehen, dass Sie – getrieben von Ihrem Misstrauen – den Sarg noch einmal exhumieren lassen und ihn dann leer vorfinden würden. Ich habe eine Zellprobe entnommen und habe an einigen minimalen Veränderungen der DNA festgestellt, dass das Ding, das auf ihrem Seziertisch liegt, nicht Vito Trattore ist und dieser Teil meiner Arbeit erfolgreich war.«

»So einen Quatsch habe ich lange nicht mehr gehört! Ich soll Ihnen glauben, dass Menschen zweihundert Jahre im Voraus Geld eingezahlt haben, um eine Zeitreise in die Zukunft zu bezahlen? Warum sollte sich jemand auf so etwas Hirnrissiges einlassen?«

»Der Wunsch nach ewigem Leben. Oder zumindest nach einer Verlängerung. Die Heilung von Krankheiten.

Neugier. Es gibt viele Gründe. Was die Glaubwürdigkeit meiner Erzählung angeht, habe ich hier noch etwas für Sie.«

Er reichte Nell eine Zeitung, die das Datum des kommenden Wochenendes trug. Nell nahm sie und las die markierte Meldung.

»Das kann nicht sein! Dies ist ein Bericht über die Festnahme des Drogenhändlerrings, die wir für morgen Abend geplant haben! Bisher wissen nur drei Personen darüber Bescheid! Hier stehen sogar die Namen einiger Beamten, die ich für die Aktion einteilen wollte! Ich habe mit niemandem darüber gesprochen!«

»Sehen Sie, und Sie haben gute Arbeit geleistet, beziehungsweise werden dies noch tun. Ist Ihnen sonst nichts aufgefallen?«

»Mein Name ist nirgends erwähnt.«

»Sehr richtig. Ich sage nicht, dass sich dies nicht noch ändern kann, die Zukunft ist flexibel. Aber es deutet alles darauf hin, dass Sie meinem Vorschlag folgen werden. Bedenken Sie: Vito Trattore befindet sich in diesem Moment zweihundert Jahre in der Zukunft. Er ist bei bester Gesundheit und wird vermutlich noch einige Jahrzehnte zu leben haben. Falls ich keine Beweise für seine Schuld liefern kann, werden die Gerichte sein Vermögen freigeben, und er wird einer der wohlhabendsten Männer unserer Zeit sein. Er wird sich Ihrem Zugriff für immer entzogen haben, und Sie werden das den Rest Ihres Lebens wissen. Obwohl, solange ist das ja nicht mehr ...«

»Was soll das heißen? Wollen Sie mir etwa Angst einjagen?«

»Nein, keineswegs. Spüren Sie nicht etwa seit längerer Zeit einen stechenden Schmerz im Magen?«

»Was ... das ist richtig, aber woher ...?«

»Ich könnte Ihnen eine Zeitung vom übernächsten Monat besorgen, aber Sie würden sie ohne große Freude lesen. Ihre Verdienste bei der Polizei werden ausreichend gewürdigt werden, aber da Sie keine Angehörigen hinterlassen, wird das öffentliche Interesse schnell erlahmen, und Sie werden innerhalb weniger Wochen in Vergessenheit geraten. Es tut mir leid.«

Nell sackte in sich zusammen. Dieser Mann schien Dinge zu wissen, die er nicht wissen konnte. Und er sprach von Angelegenheiten, die noch nicht einmal Nell mit Sicherheit wusste. Er hatte nächste Woche einen weiteren Termin bei seinem Arzt, und er wusste, dass es nicht gut um ihn stand. Auch davon hatte er niemandem erzählt.

»Gesetzt den Fall, Ihre wahnwitzige Geschichte würde stimmen, müsste Ihnen diese Technik doch bestimmt fantastische Möglichkeiten eröffnen. Sie müssen ein sehr aufregendes Leben führen, oder nicht? Zumindest für unsere Verhältnisse. Wie haben Sie zum Beispiel das Problem mit den Sportwetten in den Griff bekommen?«

»Sportwetten? Ach ja, ich verstehe. Man reist in der Zeit zurück und wettet auf Spiele, deren Ergebnis man bereits kennt. Ich will offen zu Ihnen sein. Anfangs hielten wir Zeitreisen für eine großartige Sache, und wir waren den Finanziers aus der Vergangenheit überaus dankbar. Nach und nach traten jedoch zahlreiche Probleme auf. Jeder Besuch in der Vergangenheit verändert immerhin die Zukunft. Es ist allerdings nicht so dramatisch, wie es in den Filmen aus Ihrer Zeit manchmal dargestellt wird. Ich kann mich hier durchaus frei bewegen und einige Veränderungen vornehmen, ohne dass dadurch meine Welt aus den Fugen gerät. Aber ich muss vorsichtig sein, und mein Aufenthalt sollte nicht zu lange dauern. Zeitreisen sind überaus kostspielig, daher waren sie von Anfang an nur einem kleinen Personenkreis vorbehalten. Außerdem ist die Nutzung gesetzlich reglementiert und wird streng überwacht. Das andere Problem sind die Leute, die wir aus der Vergangenheit abholen. Die meisten lassen es doch ein wenig an Dankbarkeit fehlen.«

»Wenn es hauptsächlich Kriminelle wie Don Vito sind, kann ich das nachvollziehen!«

»Unsere Statuten sollen solche Fälle verhindern. Ich bin hier, um für ihre Einhaltung zu sorgen. Wir gehen keine unnötigen Risiken ein, und der technische Fortschritt ist in zweihundert Jahren so weit, dass wir die meisten Krankheiten im Griff haben und die durchschnittliche Lebenserwartung deutlich erhöht werden konnte. Wir haben keinen großen Bedarf an Zeitreisen und führen sie nur noch durch, um die Verträge zu erfüllen, die zu Ihrer Zeit geschlossen wurden. Viele fordern, dass auch das eingestellt werden soll, aber TimeTravel-Transports & Transmissions sitzt auf einem ungeheuren Vermögen und unterhält die besten Anwälte. Sie machen eine Menge Wirbel und setzen die Interessen ihrer Klienten rigoros durch. Sie sehen, manche Dinge ändern sich nie.«

»Dann sind Sie also gezwungen, Massenmörder wie Don Vito in ihre Zeit zu holen?«

»Wir konnten Vito Trattore keine Verfehlung nachweisen, auch wenn wir vermuten, dass er sein Geld hauptsächlich durch Verbrechen erworben hat. Wahrscheinlich hat er seinem Leben selbst ein Ende gesetzt, um sich seiner Verhaftung zu entziehen. Beweisen können wir es nicht. Ich nehme an, dass Sie diese Beweise besitzen, aber ich wollte es nicht riskieren, in das Präsidium einzubrechen, um sie zu kopieren. Ich habe mich dazu entschlossen, ein anderes Risiko einzugehen und Sie um Ihre Hilfe zu bitten. Ich war offen zu Ihnen, und ich hoffe, dass Sie mir ebenfalls ein wenig entgegenkommen.«

»Sie verlangen also von mir nicht nur, dass ich Ihre Geschichte glaube, sondern auch noch, dass ich Ihnen vertrauliche Polizeidokumente beschaffe? Und Sie gehen davon aus, dass ich über die ganze Angelegenheit Stillschweigen bewahren und niemandem davon erzählen werde?«

»Für den letzten Punkt gibt es eine äußerst verlässliche Regelung. Keine Angst, ich habe nicht vor, Sie später zu erschießen! Es liegt nicht in meinem Kompetenzbereich, Menschen aus der Vergangenheit zu töten! Ich würde Ihnen eher das Gegenteil anbieten.«

Er holte die Pistole unter seinem Jackett hervor und sicherte sie.

»Ich glaube, die werde ich nicht brauchen.«

»Sie hätten ohnehin nichts damit anfangen können. Ich habe Sie bereits beim Verlassen des Gebäudes bemerkt. Ein Meister der Tarnung sind Sie nicht gerade! Glauben Sie wirklich, ein erfahrener Polizist würde sich so ohne weiteres eine geladene Waffe entwenden lassen? Die habe ich hier.«

Er klopfte auf seine Manteltasche und zog einen kleinen Revolver heraus. Siem ließ das leere Magazin heraus schnappen und betrachtete es einen Moment verdutzt, dann musste er lachen.

»Ich habe Sie unterschätzt, das gebe ich zu! Aber das beweist mir auch, dass ich mich an den Richtigen gewandt habe!«

»Sie wollten mir gerade ein Angebot machen. Und vermutlich wollten Sie mir auch meine Waffe zurückgeben.«

»Wenn ich nachweisen kann, dass Vito Trattore die Vertragsbedingungen verletzt hat, können wir ihn direkt in Ihre Zeit zurückschicken. Er wird tot in seinem Sarg liegen, und in ein paar Jahren nichts als Staub sein. Sein Vermögen wird in einen Fonds überführt, der sich wohltätigen Zwecken in der Zukunft widmet. Ein Teil des Geldes kann für Sonderzwecke verwendet werden, beispielsweise, um Menschen zu unterstützen, die uns bei der Klärung bestimmter Probleme geholfen haben. Hören Sie sich meinen Vorschlag doch erst einmal in Ruhe an.«

Er reichte ihm die Pistole.

Soll das heißen, ich bin hier gefangen?« » Don Vito war kaum zu beruhigen. Immer wieder setzte er sich für einige Sekunden, dann sprang er wieder hoch und ging im Zimmer auf und ab wie ein Tiger in seinem Käfig.

»Sie behaupten, mein Anwalt zu sein, obwohl ich mich nicht erinnern kann, Sie engagiert zu haben! Also tun Sie etwas für Ihr Geld und holen Sie mich hier raus!«

»Ich erwarte jede Minute neue Informationen. Wenn sich alles so zugetragen hat, wie Sie es mir eben geschildert haben, habe ich keine Bedenken, dass Ihr Vermögen in wenigen Tagen freigegeben wird und Sie Ihr neues Leben in vollen Zügen genießen können!«

»Und was passiert, wenn diese obskuren Informationen das Gegenteil behaupten? Was, wenn sie mich als Kriminellen darstellen, wie es die Presse zu meiner Zeit ständig versucht hat?«

»Dann wird der Vertrag rückgängig gemacht. Sie werden wieder in Ihre Zeit zurückgebracht. Die Beauftragten von TimeTravelTransports & Transmissions sind sehr gewissenhaft. Sobald der zuständige Agent zurück ist, werden wir Gewissheit haben.«

»Und wenn er sich dennoch irrt? Werde ich mich an die Zukunft erinnern können, wenn ich zurückgeschickt werde, oder werden Sie diesen Teil in meinem Gedächtnis löschen?«

Der Anwalt starrte auf seine frisch geputzten Schuhe.

»Es wird nicht notwendig sein, etwas zu löschen. Sie werden zu Ihrem Ausgangspunkt zurückgebracht. Wenn ich mich recht erinnere, waren Sie zu diesem Zeitpunkt bereits tot. Nach unserer Erfahrung wird sich daran auch nach Ihrer Rückkehr nichts ändern.«

»Aber was passiert dann mit meinem Geld? Meine Einlagen? Das ganze Vermögen?«

»Ist das wirklich alles, an was Sie jetzt denken können?«

Der Mann schlug langsam seine Augen auf und blinzelte heftig. Er hatte keine Ahnung, wo er sich befand, aber er war nicht beunruhigt. Jemand kam auf ihn zu und sprach leise auf ihn ein. Nach einigen Minuten dämmerte er wieder weg.

Er erwachte erneut. Die Decke war zurückgeschlagen, und vom Fenster her wehte ein warmer Sommerwind in das Zimmer. Er stand auf und streckte sich, als ob er lange geschlafen hatte. Er war hungrig, aber der stechende Schmerz, der dieses Gefühl die letzten Monate begleitet hatte, fehlte. Er wusch sich das Gesicht mit kaltem Wasser und blickte erst dann in den Spiegel. Er sah einen jungen Mann mit kräftigen schwarzen Haaren und ohne Falten im Gesicht. Das Spiegelbild hatte muntere Augen. Es sah genauso aus wie auf dem verblichenen Foto in seinem Ausweis. Auf einem Tisch lag eine aufgeschlagene Zeitung. Sie war in gelbliche Plastikfolie eingeschlagen und schien unglaublich alt zu sein, obwohl dem Mann das Datum aktuell vorkam. Er überflog die Schlagzeilen:

GRÖSSTER SCHLAG GEGEN DIE DROGENMAFIA SEIT ZWANZIG JAHREN GELUNGEN! LEITENDER KOMMISSAR KURZ VOR SEINER PENSIONIERUNG VERMUTLICH ERMORDET! LEICHE NOCH IMMER NICHT GEFUNDEN!

Er warf sich die Kleider über, die auf einem Stuhl für ihn bereitlagen, und beschloss, sich ein wenig umzusehen. Er öffnete die Tür und fragte sich, ob er Siem irgendwo treffen konnte, um ihm zu danken.

Der Anwalt hatte sich in zwei Punkten getäuscht. Don Vito kehrte wieder an seinen Ausgangspunkt zurück, allerdings nicht exakt zu demselben Zeitpunkt, an dem er ihn verlassen hatte. Durch eine kleine Phasenverschiebung tauchte er einige Millisekunden später wieder in seiner Gegenwart auf. Und er war nicht tot. Sein Herz bereitete ihm furchtbare Schmerzen, aber es schlug. Er öffnete seine Augen und um ihn herum herrschte tiefe Dunkelheit. Er lag auf einer nachgiebigen, aber unbequemen Unterlage, und auf beiden Seiten und über ihm war er von Holzwänden umgeben, die ihm keinen Bewegungsspielraum ließen. Das einzige Geräusch, das an seine Ohren drang, kam von der Erde, die auf seinen Sarg geschaufelt wurde. Es lagen bereits mehrere Schichten auf dem Deckel, sodass kein weiterer Laut zu Don Vito drang und niemand seine Schreie hören konnte. Nur Nell, der draußen ein wenig abseits stand, glaubte für einen Augenblick, etwas gehört zu haben, aber er schob es auf seine überreizten Nerven.

— Wir können für nichts garantieren. Wenn Sie eine Garantie wollen, kaufen Sie Staatsanleihen, und warten Sie sieben Jahre. Denken Sie daran: Dies ist nur eine großartige Chance, und wir laden Sie ein, daran teilzunehmen. Alles, was Sie dabei verlieren können, ist ein bisschen Geld und ein paar Illusionen ...

ENDE

*Die Idee für **TTT & T** entstand 2005, nachdem ich das wunderbar verrückte, dennoch denkbare Experiment des **Time Travel Fund** entdeckt hatte. Ich danke den Betreibern der Website für die freundliche Erlaubnis, einige Passagen als AGBs von TTT & T verwenden zu dürfen. Ich empfehle die Seite jedem, der ein wenig Unterhaltung sucht, oder sich für die Zukunft absichern will:*
www.timetravelfund.com

Die Story wurde für diese Publikation komplett überarbeitet und ist eine Erstveröffentlichung.

JAEGER UND BASTLER

Die Drohne flog tief über unseren Gartenzaun. Ihre Motoren arbeiteten an der Grenze ihrer Leistungsfähigkeit, aber sie schien es zu schaffen.

Ich hatte spontan einen Tag Urlaub genommen und genoss die Frühlingssonne in unserem Garten. Mein Liegestuhl stand unter einem Ahornbaum, dessen Blätter grüne Schatten warfen. Ich hatte etwas zu lesen und ein kühles Getränk unter meinem Stuhl deponiert. Was mir noch fehlte, war ein wenig Ruhe.

Von vielen Menschen wurde die bequeme Paketzustellung durch Drohnen zunächst begrüßt. Von genauso vielen Menschen, die diese Form der Belieferung guthießen, wurde sie abgelehnt. Radikal. Die Gründe und auch die Gegenmaßnahmen waren sehr unterschiedlich.

Die Akkus wurden mit der Zeit leichter, und sie wurden unterstützt durch leistungsfähige Solarzellen. Die Motoren wurden effektiver. Aber nicht leiser. Das frühere Brummen, verbunden mit dem leisen Rauschen der Rotoren, war zwar irritierend gewesen, aber es war Musik im Vergleich zu dem hochfrequenten Pfeifen, das nun täglich die Luft erfüllte. Hochgezüchtete Motoren an der Grenze ihrer Leistungsfähigkeit, die wie in Ekstase geratene PC-Lüfter über unsere Dächer flogen.

Es gab öffentliche Proteste, Eingaben, Petitionen, Demonstrationen und Anzeigen. Das waren in einer gutbürgerlichen Gegend wie der unseren die bevorzugten Methoden. Da nichts half und bei Verstößen meistens einfach die Gesetze geändert wurden, gingen einige Mitbürger zur Selbsthilfe über. Drohnen waren langsam und flogen nicht höher als unbedingt nötig. Das machte sie zu einem leichten Ziel für Steinschleudern, Luftgewehre – oder einfach nur geworfene Steine. Manch einer versprach sich eine lohnende Beute von der Ladung. Deswegen flogen Paketdrohnen für gewöhnlich nicht in alle Stadtgebiete, und nur in besonders seriösen wie dem unseren flogen sie so tief. Trotz Moritz.

Moritz war ein Freund und Nachbar. Vor einigen Wochen war eine Paketdrohne auf dem Weg zu seiner Frau an einer Straßenlaterne hängen geblieben. Das Paket wurde im Notfallmodus abgeworfen, und die Transportbox platzte auf. Die Nachbarn betrachteten daraufhin interessiert das recht ausgefallene Sexspielzeug, das auf dem Gehweg ausgebreitet lag. An diesem Tag nahm Moritz – seines Zeichens Förster und Jäger – humorlos seine Schrotflinte aus dem Schrank und schoss alle Drohnen vom Himmel, die in Sichtweite kamen. Die Behörden ließen Moritz noch am selben Tag – ebenso humorlos – erst in ein Gefängnis, später in eine psychiatrische Klinik bringen.

In den kommenden Wochen wurden weitere Drohnen abgeschossen, und die gesamte Nachbarschaft geriet kurzzeitig in Verruf. Auch unser Haus war durchsucht worden, wenn auch nur halbherzig. Sie fanden mein Replikat eines Gewehres, brachen aber in schallendes Gelächter aus, als sie das massive Stück Holz aus der Nähe betrachteten. Die Form war recht gut gelungen. Um aber jemandem damit Schaden zufügen zu können, müsste man es demjenigen über den Schädel ziehen. Ich erzählte wahrheitsgemäß, dass ich das Modell angefertigt hatte, um mit meinen Kindern zu spielen. Die Polizisten hatten dafür mehr Verständnis als meine Frau. Dass ich mein Holzgewehr manchmal dazu benutzte, um dem Nachbarjungen Angst zu machen, erzählte ich den Beamten nicht. Dafür hatte wiederum meine Frau großes Verständnis. Das Gerät, das sich mühsam über unseren Gartenzaun schraubte, steuerte eindeutig unser Haus an.

Vermutlich hatte Opa wieder irgendwelchen Unsinn bestellt.

Er war anders als andere Opas. Er war nicht mein Großvater, sondern mein Vater, aber seit wir Kinder hatten, war er für alle der Opa. Selbst für seine Frau. Als sie starb, zogen wir auf seinen Wunsch bei ihm ein. Meine Kinder liebten ihn. Meinen Großvater hatte ich als einen leicht verwirrten, älteren Herren in Erinnerung, der endlos vom Krieg erzählte, obwohl er damals selbst noch ein Kind gewesen war.

Unser Opa war anders, aber auf eine gewisse Art auch typisch. Ein Tüftler, voller Ideen von beinahe kindlicher Kreativität. Gepaart mit seinem Altersstarrsinn kamen dabei immer wieder – nennen wir es interessante – Projekte dabei heraus.

Schnell erkannte er, dass er mit seiner jahrzehntelangen Erfahrung als Schlosser noch sehr hilfreich sein konnte. Als er in Rente ging, setzte er sich in den Kopf, eine eigene kleine Schlosserei zu eröffnen. Schon damals hatte er begriffen, dass fachlich einwandfreie Leistungen nicht ausreichten. Man musste Werbung machen, Aufmerksamkeit erregen, und sich aus der Masse der Konkurrenten abheben.

Er hob sich ab und erregte schließlich sehr viel Aufmerksamkeit, als er die halbe Stadt lahmlegte. Er kaufte ein paar Hundert billige Fahrradschlösser, versah sie mit Funkempfängern und schickte schließlich seine Enkel und sämtliche Kinder der Nachbarschaft los, um jedes Fahrrad, das sie finden konnten, mit den zusätzlichen Schlössern zu sichern.

Die meisten fanden es nicht besonders lustig, als sie nach einem langen Arbeitstag oder einem Einkaufsbummel ihre verschlossenen Räder mit einer Visitenkarte von Opa fanden. Der Grundgedanke war, wenn genügend Leute angerufen oder sich auf seiner Website eingeloggt hatten, per Funk die Schlösser zu öffnen und den wieder mobilen Radbesitzern ein kostenloses Schloss zu schenken.

Der Plan krankte an mehreren Stellen. Ich persönlich fand bereits die Grundidee nicht gut, aber auch die Umsetzung gestaltete sich als schwierig. Die meisten Anrufer, die sich nicht gleich an die Polizei wandten, landeten in einer besetzten Leitung. Als Opa sich schließlich entschloss – sekundiert durch zwei Polizeibeamte –, den Funkbefehl zur Befreiung zu geben, versagte die Technik. Ob das Passwort falsch oder der Sender zu schwach war, ließ sich in der nun aufkommenden Hektik nicht feststellen. Vermutlich hätte Opa sich nicht ausschließlich auf seine Enkel als technische Berater verlassen sollen. Ihm blieb jedenfalls nichts anderes übrig, als die Nachbarskinder wieder zusammen zu trommeln, und sie diesmal bewaffnet mit Bolzenschneidern loszuschicken. Auf Anraten aller verlagerte Opa seine Tätigkeit danach auf andere Felder.

Die Paketdrohne war gelandet, hatte ihre Fracht abgeladen und erhob sich wieder. Die Motoren klangen erleichtert. Da ich nichts bestellt hatte und einfach nur meine Ruhe wollte, schloss ich meine Augen und versuchte, meinen freien Tag zu genießen. Das Dröhnen von hoffnungslos überlasteten Benzinmotoren verhinderte dies.

Ich öffnete meine Augen einen schmalen Spalt, um festzustellen, woher der Lärm kam. Es war der Nachbarjunge, der sich wieder einmal an seine frisierte Drohne gehängt hatte und versuchte, sich damit über den Zaun tragen zu lassen und Nachbarinnen beim Sonnenbaden zu beobachten. Er hätte auch eine Kamera an die Drohne montieren können, aber dafür fehlte ihm entweder das Geschick oder das nötige Taschengeld. Wahrscheinlich kam auch der uralte Traum vom Fliegen hinzu. Der

Mensch war schon immer bestrebt, sich von der Erde zu lösen und sich gen Himmel zu erheben. Allzu erhebend sah es allerdings nicht aus, wenn ein übergewichtiger, pickliger Junge an einem selbstgebastelten Gestell hing, das von vier hochgezüchteten, verzweifelt kreischenden Benzinmotoren mühsam ein paar Meter über dem Erdboden gehalten wurde.

Ich nahm all meine Kraft zusammen und stand auf. Da meine Holzflinte gerade nicht griffbereit war, nahm ich einen an den Baum gelehnten Rechen und machte einige Schritte in Richtung des Gartenzaunes. Als der Nachbarjunge mich sah, drehte er ab. Ich legte mich wieder hin, schloss die Augen und wartete darauf, mich endlich entspannen zu können.

Kaum war der Nachbarjunge verschwunden, stürmte Opa aus dem Haus. Das bedeutete nichts Gutes. Opa bewegte sich recht flott. Dabei stützte er sich auf eine seiner neuesten Spielereien: eine Krücke, die er, auf seine individuellen Bedürfnisse zugeschnitten, mittels seines 3-D-Druckers gefertigt hatte. Ich fand es befremdlich, und auch ein wenig erschreckend, dass er sich vollkommen ohne Berührungsängste und scheinbar kritiklos modernster Technik bediente. Im Allgemeinen fand ich es begrüßenswert, wenn alte Menschen sich neuen Entwicklungen nicht verschlossen. Aber im speziellen Fall von Opa hatte ich Bedenken.

Seine Enkel hatten ihn vor Jahren mit dem Computer-Virus infiziert. Inzwischen befürchtete ich, er könnte einen schlechten Einfluss auf sie haben. Manchmal fragte ich mich, ob ich der Einzige war, der Angst hatte, der Großvater würde seine Enkel zu grobem Unfug anstiften. Vermutlich nicht.

Er hatte nach dem Erfolg mit seiner Krücke begonnen, weitere Exemplare für seine Freunde anzufertigen. Auch dabei hatte er nicht von seiner Überraschungstaktik lassen wollen. Es hieß, er sei dabei ertappt worden, wie er nachts in ein Seniorenheim eingestiegen war. Bewaffnet mit einem Maßband und Notizblock. Genaueres konnte ich nie in Erfahrung bringen, da weder die Heimleitung noch er darüber reden wollten. Er wählte schließlich einen weniger heimlichen Weg, um an die nötigen Daten zu kommen und erzielte in seinem Bekanntenkreis gewisse Erfolge. Als er jedoch sein Angebot individueller und relativ preisgünstiger Prothesen und Hilfsmittel offensiv bewarb, bekam er Ärger mit verschiedenen Verbänden. Schließlich zog er sich auch aus diesem Geschäftsbereich wieder zurück. Von seinem 3-D-Drucker wollte er jedoch nicht lassen. Er hatte ihn samt Scanner bei einer »Kreativagentur« gekauft, die Insolvenz anmelden musste. Er kam dem Insolvenzverwalter gerade noch zuvor, und so wechselte das schrankgroße Gerät den Besitzer gegen eine erträgliche Summe Bargelds an den zwanzigjährigen Agenturchef. Anfangs schien es mir eine zwar stromfressende, aber harmlose Spielerei zu sein. Opa stellte Figuren und Modellautos für die Kinder her, was diesen große Freude bereitete. Als sie an Opa den Wunsch herantrugen, eine lebensgroße Kopie von Angelina Jolie zu drucken, griff ich ein. Zum Glück war mir die Bestellung von 100 kg einer speziellen Gummisorte in die Hände gefallen. Ich selber ließ mir von dem Gerät die erwähnte Holzflinte erstellen, auch wenn Opa mir mitteilte, dass ich mit Kanonen auf Spatzen schoss.

»Das Gerät ist ein Drucker, keine schnöde Fräse. Ein Modell aus einem Block Holz herauszusägen ist eine Verschwendung der Möglichkeiten, die das Gerät bietet! Ich könnte dir ein funktionsfähiges Gewehr aus Metall oder aus einem sehr harten Kunststoff backen.«

»Kein Bedarf.«

Damit war das Thema für mich erledigt.

Aus den Augenwinkeln beobachtete ich Opa, wie er das Paket ins Haus trug. Es schien doch nicht allzu schwer zu sein. Das beruhigte mich. Zumindest würde er nicht als Nächstes Kanonenrohre ausdrucken. Es sei denn, man konnte diese inzwischen aus leichten und stabilen Kunststoffen anfertigen. Ich unterdrückte ein aufkommendes, beunruhigendes Gefühl und schlief ein.

Als ich die Augen wieder öffnete, war die Luft kühl und mein Getränk lauwarm und abgestanden. Ich ging nach drinnen und staunte nicht schlecht. Das Haus war voller Menschen. Ich erkannte den einen oder anderen Nachbarn, aber die meisten waren Fremde. Meine Kinder versuchten erfolglos, alle mit Kaffee zu versorgen. Er wurde gerne genommen, aber teilweise offensichtlich nur unter Schmerzen konsumiert. Immer wieder hielten sich Besucher eine Hand an die Backe, wenn sie tranken. Mir schwante Böses. Ich suchte Opa und folgte dabei einem Geräusch, das mich seit meiner Kindheit frösteln ließ. Es war ein hohes Summen, wie von einer großen und kräftigen Stechmücke. Oder wie von einem Zahnarztbohrer. Es kam aus dem Keller.

Auf einem alten Bürostuhl, dem Bettlaken erfolglos ein medizinisches Aussehen zu verleihen suchten, saß ein alter Mann. Opa stand über ihn gebeugt und hantierte in seinem Mund herum. Dabei hatte er – im Gegensatz zu seinem Patienten – einen sehr zufriedenen Gesichtsausdruck.

»So, Herbert, das war's schon! Bitte ausspucken, aber nicht auf den Boden! Da drüben steht eine Schüssel.«

Mir fehlten die Worte. Daher setzte ich einen möglichst grimmigen Gesichtsausdruck auf. Opa sagt immer, ich sehe dann wie ein trotziges Kind aus. Dennoch wandte er sich an seinen Patienten:

»Sag' den anderen, ich mache eine kleine Pause. Mein Sohnemann möchte mir anscheinend zu meiner neuen Geschäftsidee gratulieren.«

Als uns der arme Herbert stumm nickend verlassen hatte, wandte sich Opa an mich.

»Ich vermute, du hast auch daran wieder etwas auszusetzen?«

»Du kannst doch nicht – Zahnarzt spielen!«

»Du hast recht. Ich werde damit aufhören. Noch heute. Sobald der letzte Kunde gegangen ist.«

Ich war entwaffnet. Aus meinem offen stehenden Mund kam nur ein stummes Fragezeichen.

»Ich bin zwar handwerklich immer noch sehr geschickt, aber für diese Tätigkeit sind meine Augen zu schlecht und meine Hände nicht ruhig genug. Ich werde mich ab morgen rein auf die Produktion konzentrieren. Das ist auch wesentlich lukrativer.«

»Produktion ...?«

»Implantate. Und Kronen. Ich habe bereits Verträge mit mehreren Zahnarztpraxen. Wenn man eine mündliche Vereinbarung zum Stillschweigen und einen Händedruck als Vertrag bezeichnen kann. Ich bin beinahe genauso billig wie die Chinesen und die Osteuropäer. Und meine Qualität ist besser. Der Drucker liefert erstaunliche Ergebnisse!«

»Aber legal ist das nicht! Du kannst nicht einfach im Keller ein Dentallabor betreiben! Wenn sie dir dieses Mal auf die Schliche kommen – und das werden sie – dann gehst du ins Gefängnis!«

Opa sah mich an, als ob ich immer noch zehn Jahre alt war und nichts verstand.

»Erstens ist es immer noch mein Keller. Glaubst du, ich hätte mich diesmal nicht abgesichert?«

Sein selbstzufriedenes Lächeln machte mir Sorgen. Für einen Augenblick dachte ich darüber nach, mich wieder in den Garten zu legen und das alles zu ignorieren. Dann konnte ich mich bei Bedarf vor Gericht darauf berufen, von nichts gewusst zu haben.

»Du weißt, wie teuer guter Zahnersatz inzwischen ist. Die Preise haben sich in den vergangenen drei Jahren verfünffacht! Nur noch Menschen mit einer sehr guten Krankenversicherung können sich eine ordentliche Versorgung leisten. Oder Menschen mit Beziehungen. Weißt du übrigens, wer am geizigsten ist?«

»Wer?«

»Ironischerweise diejenigen, die das meiste Geld haben. Und da setze ich an.«

»Und wie sieht dein Ansatz aus?«

»Ich habe aus den Fehlern der Vergangenheit gelernt. Ich habe meine Idee zuerst einigen wichtigen Leuten vorgestellt. Und ich bin nicht so plump vorgegangen wie bei meinen früheren Projekten. Ich habe mit dem Bürgermeister gesprochen. Und mit einigen seiner Kollegen aus dem Stadtrat. Mit den am wenigsten Sympathischen zuerst. Das schienen mir die Menschen mit dem größten Einfluss zu sein. Dabei habe ich auch den ehemaligen Präsidenten der Zahnarztkammer getroffen. Er ist nebenbei stellvertretender Leiter des Bauamtes. Ich will dich nicht mit den Details langweilen. Jedenfalls war ich recht überzeugend!«

»Und sie haben sich von dir bestechen lassen? Mit guten Worten alleine wirst du sie nicht überzeugt haben. Von was hast du sie eigentlich überzeugt?«

»Bestechung? So einfach ist das nicht. Ich habe angeboten, ihnen, ihren Angehörigen und Freunden verbilligte, teilweise kostenlose Implantate und ähnliches über ihre Zahnärzte zukommen zu lassen. Die meisten dieser Damen und Herren sind bereits etwas älter, wenn auch nicht aus meiner Perspektive. Auf jeden Fall bestand Bedarf, und sie waren recht schnell überzeugt. Das Übertragen der Abdrücke in den Scanner hat ein wenig Mühe gekostet, aber ich hatte ja Hilfe von – egal, das willst du nicht wissen. Nun tragen einige Würdenträger meine Produkte in ihren Mündern mit sich herum. Das erinnert sie im besten Fall jeden Morgen und Abend beim Zähneputzen daran, dass sie mir einen Gefallen schulden.«

»Und im schlimmsten Fall ...?«

»Weiß ich, wo die Beweise für meine Arbeit und ihre Mitwirkung sind. Die Implantate sind mit individuellen Signaturen ausgestattet. Und anderen Sicherungen. Von denen die Herrschaften natürlich nichts wissen.«

»Will ich etwas davon wissen?«

»Ich glaube nicht. Du bist immer so empfindlich. Obwohl du dich doch selbst über die Verkommenheit der Politiker beschwerst. *Man müsste das Übel bei der Wurzel packen und ausrotten!* Das sind deine Worte!«

»Ich war sechzehn, als ich das gesagt habe! Das war vor fünfundzwanzig Jahren!«

»Wie auch immer. Du hattest recht. Ich habe dich beim Wort genommen.«

»Du hast die Implantate doch nicht mit Gift gefüllt?«

»Sehe ich etwa aus wie ein Giftmischer? So etwas muss ich mir nicht anhören! Auch – *gerade* – nicht von meinem eigenen Sohn!«

Er stürmte aus dem Keller. Ich hatte einen Treffer gelandet, wenn auch nicht ins Schwarze. Dennoch verspürte ich nicht die mindeste Genugtuung.

Zumindest schien Opa die Sache erst einmal auf sich beruhen zu lassen. Die kommenden Tage wandte er sich wieder der Elektronik zu. In seinem Zimmer standen

Geräte, die aussahen wie alte Radios, die er zerlegte und neu zusammensetzte. Ich hoffte, er baute etwas Sinnvolles. Und etwas Ungefährliches. Die Hoffnung stirbt zuletzt.

Vor dem Haus ertönte eine Autohupe. Ich befestigte die Wandverkleidung wieder vor dem Hohlraum und schob den Schrank davor. Ich packte die Schrotflinte in die Sporttasche und schwang diese über meine Schulter. Ich heftete meiner Frau eine kleine Notiz an den Kühlschrank, falls sie vor mir nach Hause kommen sollte. Die Kinder waren den ganzen Tag in der Schule, und Opa war gestern Abend zu einem spontanen Kurzurlaub aufgebrochen. Er hatte uns mit Details verschont, aber wir alle hielten es für eine gute Idee, wenn er ein wenig ausspannte.

Axel wartete bereits voller Ungeduld und laufendem Motor in unserer Einfahrt. Ich stellte meine Sporttasche in den Kofferraum, schwang mich auf den Beifahrersitz und öffnete eine Dose Bier. Axel war guter Dinge und redete die gesamte Fahrt über. Das Bier und die unerbittlich gute Laune meines Jagdkameraden lockerten auch mich auf. Wir machten solche Ausflüge viel zu selten. Sie waren gut, um auf andere Gedanken zu kommen.

Schnell hatten wir einen schönen Platz gefunden. Auf einer kleinen Anhöhe hatten wir einen guten Überblick, waren aber selbst durch Büsche und Bäume getarnt. Ich sah auf die Uhr. Es war kurz vor elf Uhr vormittags. Die beste Zeit, um zu jagen. Unsere Beute ließ nicht lange auf sich warten. Ihre Zahl hatte die letzten Jahre stark zugenommen, und es gab nur eine gute Route, um in die Stadt zu gelangen. Sie führte direkt über diesen Hügel. Sie flogen im Verband, wie sie es meistens taten. Es waren Dutzende, vielleicht sogar hundert, und es waren einige besonders fette Exemplare dabei. Die ersten Schüsse krachten.

Wir hatten die Gewehre an uns genommen, als Moritz von der Polizei verhaftet wurde. Als er die ersten Drohnen vom Himmel geholt hatte, waren Axel und ich zu seinem Haus gelaufen. Ihm waren die Folgen seiner Handlung bewusst. Er bat uns, seinen Waffenschrank leer zu räumen und die Gewehre an uns zu nehmen. Was wir als gute Freunde und Nachbarn taten. Die Tatwaffe behielt er, schließlich war diese im Gegensatz zu den anderen registriert. Eigentlich wollten wir sie nur so lange aufbewahren, bis er wieder frei war, aber dann fanden wir Gefallen an der Sache. Und Moritz benötigte die Gewehre auf absehbare Zeit nicht mehr. Die Jagd entspannte uns, und sie diente auch einem guten Zweck.

Nachdem jeder von uns ein paar Dutzend Schüsse abgegeben hatte, machten wir uns auf, unsere Beute in Augenschein zu nehmen. Bevor wir unsere Deckung verließen, zogen wir uns Skimasken über. Wir konnten zufrieden sein. Wir hatten alles in allem an die zwanzig Drohnen erwischt. Genau ließ sich das nicht mehr sagen, da wir mit grobem Schrot schossen und die Fluggeräte regelrecht in ihre Einzelteile zerlegt wurden. Wir stocherten mit den Füßen in den Trümmern. Anfangs hatten wir besonders schöne Teile als Trophäen mitgenommen. Schließlich hatte jedoch die Vernunft gesiegt. Wir nahmen fortan nur noch die Erinnerung an erfolgreiche Abschüsse mit nach Hause.

Wir mussten uns beeilen, da bald die Polizei hier sein würde. Die GPS-Geräte in den Drohnen hatten mit Sicherheit ihren letzten Standort mitgeteilt. Es gab auch Gerüchte über Schutzdrohnen, welche die Verbände inzwischen begleiten sollten. Mit Kameras und möglicherweise auch mit Waffen ausgestattete Fluggeräte zum Schutz der Paketbomber. Wir gaben nichts auf Gerüchte. Wir schossen die Drohnen als Erste ab, die seltsam aussahen oder keine Pakete trugen. So waren wir auf der sicheren Seite. Zumindest vorerst. Noch immer flogen einzelne Drohnen über unsere Köpfe. Wir luden unsere Flinten nach.

Axel holte eine besonders schöne Drohne vom Himmel. Sie hatte blinkende Positionslichter, wie ein Flugzeug im Nebel. Eines blinkte selbst noch nach dem Aufprall.

»Hast du das von Bürgermeister Welser schon gehört?«

Meine Antwort ging im Lärm des folgenden Schusses unter. Das Positionslicht am Boden erlosch.

»Was meinst du? Hat er eine neue Geliebte?«

»Der hat gar nichts Neues mehr. Er ist explodiert.«

Eine Drohne, die wir verfehlt hatten, begann über unseren Köpfen zu kreisen. Wir rückten die Masken zurecht und legten an. Es gab nur einen großen Knall, aber zwei Ladungen Schrot durchsiebten das neugierige Flugobjekt. Es versuchte abzudrehen, aber zwei der vier Motoren waren ausgefallen. In einer immer enger werdenden Spirale stürzte es schließlich zu Boden. Es war Zeit, uns von diesem Platz zu verabschieden. Aber ich wollte noch die Geschichte vom Bürgermeister zu Ende hören.

»Was ist mit ihm? Hat er sich überfressen?«

»Nein. Er ist *explodiert*. Wortwörtlich. Man konnte ihn nur anhand seines dicken Bauches identifizieren. Von seinem Kopf war nichts mehr übrig. Als hätte er eine Handgranate gefrühstückt. Es ist gestern passiert. Die Polizei geht von einem Attentat aus, hat aber noch keine Spur. Ich hab's von meinem Schwager gehört. Er arbeitet in der Verwaltung.«

In meinem Kopf schien nun ebenfalls eine Drohne zu kreisen.

»Aber es muss doch Reste der Bombe geben! Spuren des Sprengstoffes, was weiß ich.«

»Ich habe gehört, man hätte nur ein paar winzige Drähte und etwas zersplitterte Keramik gefunden. Aber was da jetzt Bombe und was nicht gewesen ist – du kanntest ja Welsers Fresse. Der hatte schon ein paar Zahnärzte reich gemacht. Was der an Porzellan und Metall im Maul hatte, hätte für einen ganzen Gemischtwarenladen gereicht!«

Die Drohne in meinem Kopf setzte zur Landung an. Bevor ich etwas Falsches sagte, riet ich zum Aufbruch. Wir hatten noch nicht genug für diesen Tag, also packten wir unsere Sachen und wechselten den Standort. Die leeren Drohnen wählten für den Rückflug zum Paketzentrum eine kürzere Route, auf der sie höher steigen mussten. Sie flogen schneller und waren schwerer zu treffen, aber das erhöhte den Reiz für uns.

Ich hatte mich beim Bierkonsum zurückgehalten und lenkte den Wagen zu unserem nächsten Ziel, während Axel es sich auf der Rückbank bequem gemacht hatte.

»So traurig die Angelegenheit auch ist: Dein Vater wird sicher erleichtert sein.«

Ich zuckte zusammen und verriss das Lenkrad ein wenig. Ich sah in den Spiegel. Axel reinigte ungerührt sein Gewehr.

»Mein Vater? Was hat der damit zu schaffen?«

»Na, der Bürgermeister wollte ihn doch verklagen. Habe ich gehört. Wegen irgendeiner geschäftlichen Sache, die nicht so gelaufen ist, wie er sich das vorgestellt hatte. Die Rede war von irgendwelchen Ersatzteilen, wenn ich mich richtig erinnere. Genaues weiß ich aber nicht. Und jetzt pass auf die Straße auf!«

Das war also Opas Absicherung gewesen. In der Höhle des Löwen, direkt an der Wurzel des Übels. Ein wenig Sprengstoff und ein diesmal funktionierender Funkempfänger. Effektiv. Die anderen würden ihn wohl kaum verklagen. Sofern sie Wert auf einen Kopf auf ihren Schultern legten.

Opa war nicht nur anders als andere Opas. Er war verrückt. Und er ging definitiv zu weit. Er war ein richtig gefährlicher Mistkerl. Ich wusste nicht wieso, aber plötzlich musste ich lächeln. Alles in allem war er doch ein wirklich sympathischer Mistkerl. Und er war mein Vater. Vielleicht sollte ich ihn mal auf die Jagd mitnehmen. Das entspannte ungemein.

ENDE

***Jäger und Bastler** wurde im Herbst 2014 exklusiv für diese Sammlung geschrieben.*

DIE PATENTLOESUNG

»*Wenn die Biene einmal von der Erde verschwindet, hat der Mensch nur noch vier Jahre zu leben. Keine Bienen mehr, keine Bestäubung mehr, keine Pflanzen mehr, keine Tiere mehr, kein Mensch mehr.*«
Albert Einstein zugeschrieben

Der Himmel über Berlin war schwarz. Seit Tagen. Gerade hatte ein neues Gewitter begonnen. Die Blitze erfüllten den Himmel im Sekundentakt und beleuchteten die überfluteten Straßen wie ein Stroboskop. Der Donner rollte über die Stadt wie eine Walze, die unbarmherzig immer wieder über dieselbe Stelle fuhr. Nur wenn er kurz pausierte, hörte man das Hintergrundrauschen der taubeneiergroßen Hagelkörner, die im Wasser aufschlugen und dort langsam vergingen.

Der Kanzler stand am Fenster seines Büros, wie er es in letzter Zeit häufig tat. Bei jedem Blitz tauchte der Reichstag in seinem Blickfeld auf, um kurz darauf wieder in der Dunkelheit zu verschwinden. Das Wasser schwappte heute bis an die Stufen, auf denen sich sonst Tausende von Besuchern drängelten. Immerhin wurde man so vom Anblick des kümmerlichen Rasens verschont. Das Reichstagsgebäude erinnerte den Kanzler an ein sinkendes Schiff. Und in einem solchen saß er bei den kommenden Wahlen, wenn sich nichts änderte. Wenn *er* nichts änderte. Er hatte den Menschen große Versprechungen gemacht. Und sie hatten ihm geglaubt – wieder einmal. Anfangs hatte er sie noch hinhalten können. Er hatte ihnen versichert, es seien nur Anfangsschwierigkeiten gewesen. Eine *Erstverschlimmerung,* wie in der Homöopathie. Das verstanden die Ökos, das wusste er.

»Erst muss es schlimmer werden, bevor es besser wird. Viel besser ...!«

Ein dämlicher Slogan, aber die Leute hatten ihn gemocht. Er wirkte ehrlich. *Der Kanzler* wirkte ehrlich, nachdem er das Blaue von Himmel versprochen hatte. Wortwörtlich. Und jetzt das! Anstatt die Geschäfte zu stürmen und Weihnachtseinkäufe zu erledigen, saßen die Menschen zu Hause. Sie hatten keine Lust shoppen zu gehen, während draußen ein Hagelsturm tobte.

Ein aufstrebender Staatssekretär namens Müller hatte ihm eine Rede entworfen, mit der er sich bei der Bevölkerung entschuldigen sollte. Indem er zugab, dass es ein Fehler gewesen war, das Wetter zu manipulieren:

»Wir sollten nicht Gott spielen, sondern uns wieder auf unsere eigentliche Aufgabe konzentrieren: den Menschen zu dienen und die Schöpfung zu bewahren!«

Der Text war voll von diesem pathetischen Schwachsinn. Angeblich sollte er so seine Glaubwürdigkeit zurückgewinnen. Mit Reue. Und Ehrlichkeit. Mit der Wahrheit. Die Wahrheit war, dass dieser Müller auch empfohlen hatte, seinen Minister zu feuern. Ohne es auszusprechen, hatte er durchblicken lassen, wen er für einen geeigneten Nachfolger hielt. Der Kanzler sollte *ihn* als Ersten feuern. Sich entschuldigen! Es fehlte nur noch, dass ihm jemand vorschlug, sich mit einem Hundewelpen im Arm vor der Fernsehöffentlichkeit zum Deppen zu machen. Er hatte eine bessere Idee.

Hinter ihm starrten einige Männer und eine Frau auf seinen Rücken. In den Fensterscheiben konnten sie das Spiegelbild des grimmigen Kanzlergesichtes sehen. Sie fürchteten den Augenblick, wenn er sich ihnen zuwenden würde. Sie alle würden ihre Posten verlieren, das war sicher. Sie konnten froh sein, wenn es dabei blieb.

Vielleicht würde er die *politische* Verantwortung übernehmen. Alle wussten, was das bedeutete: Er trat – vielleicht – zurück, schob die Schuld aber auf jemand anderen. Die anwesenden Wissenschaftler fühlten sich vereinigt in ihrer Sorge mit den Ministern. Sie ahnten noch nicht, dass die Politiker längst beschlossen hatten, ihren Teil der Verantwortung auf deren Schultern abzuladen.

Schließlich drehte der Kanzler sich um. Anstelle der finsteren Miene der letzten Wochen blickte ihnen ein Lächeln entgegen. Sein Wahlkampflächeln. Es war nicht echt, aber immerhin war es ein Lächeln.

»Meine Herren! Meine Dame! So kann es nicht weitergehen!«

Einige trauten sich, stumm zu nicken.

»Das Projekt ist ein kapitaler Fehlschlag. Wir brauchen eine Lösung! Ein neues Projekt!«

»Ein Neues? Und was machen wir mit *Sonnenschein für alle?*«

Der Innenminister hatte sich vorgewagt.

»*Sonnenschein für alle*? Was für ein selten dämlicher Name! Und ein dämliches Projekt! Das Wetter ändern, zum Wohle aller. Von wegen! Sehen Sie aus dem Fenster! Da haben Sie Ihre Sonne! Das kommt dabei heraus, wenn ich mich auf andere verlasse!«

Der Innenminister senkte seinen Kopf und trat einen Schritt zurück.

»Vergessen Sie das Wetter. Wenn ich den Herren Eierköpfen glauben darf – falls Sie einmal mit einer Prognose richtig liegen! –, wird sich das Wetter wieder beruhigen, wenn wir es zukünftig in Ruhe lassen. Die Leute werden sich ebenfalls wieder einkriegen. Aber das wird dauern. Wir brauchen etwas Neues. Ein neues Problem. Ein großes Problem. Etwas, das so katastrophal ist, dass man es nicht mehr schlimmer machen kann. Selbst wenn Sie sich noch so sehr bemühen. Und wir finden die Lösung dafür! Gleichzeitig sollte es einen grünen Anstrich haben. Diese Öko-Welle scheint einfach nicht abzuebben. Ideen?«

»Wir könnten die Solarenergie wieder fördern ...«

»Langweilig. Was wir brauchen, ist ein explodiertes Kernkraftwerk, das wir versiegeln und in einen Bio-Ponyhof verwandeln! Nur größer.«

»Größer als ein Kernkraftwerk?«

»Ja. Größer als zwei Kernkraftwerke. Und globaler. Es muss weit über die Landesgrenzen hinaus gehen.«

»Ich glaube, ich habe da eine Idee.«

Staatssekretär Müller sprach leise, und er wählte seine Worte vorsichtig. Der Kanzler machte zunächst ein skeptisches Gesicht. Mehrmals hob er seinen Arm, um den Vorschlag beiseite zu wischen. Er klang zu unspektakulär. Allmählich erkannte der Kanzler aber das Potenzial, das in dieser Idee steckte. Sie war global. Und er würde als Retter gefeiert werden. Wenn es funktionierte. Wenn nicht, konnte er sich zumindest den Versuch auf die Fahnen schreiben. Besser war es, die ganze Sache geheim zu halten. Dieses Mal würde es keine großen Ankündigungen geben.

Jan hörte sie, noch bevor er sie sehen konnte. Das Geräusch kam von draußen. Er stand – wie jeden Morgen – nackt in der Küche und mahlte seinen Kaffee von Hand. Die Mühle machte großen Lärm. Jedes Mal, wenn er die Kurbel einige Sekunden ruhen ließ, schien ein Brummen die Luft zu erfüllen. Seine Gier nach Koffein war zunächst stärker als seine Neugier. Er erhitzte ein wenig Wasser mit seinem kleinen Tauchsieder, den er an eine Autobatterie angeschlossen hatte. Er vergaß das

Geräusch und goss das Kaffeepulver auf. Danach ging er ins Schlafzimmer, um sich Schuhe anzuziehen, während sich das Pulver setzte. Der Weg war nicht weit. Schlafzimmer und Küche waren im Grunde keine richtigen Zimmer, sondern für Außenstehende willkürliche Unterteilungen. Genau genommen war es auch keine richtige Wohnung, sondern ein alter Bauwagen, der keine Räder mehr hatte und aufgebockt im Wald stand und vor sich hin rostete. Jan hatte das Grundstück von einem Onkel geerbt, da niemand in der Familie eine Verwendung dafür gehabt hatte. Es war eine kleine Blumenwiese am Rande eines Wäldchens, das ebenfalls ihm gehörte.

Jan hatte schon lange einen alternativen Lebensstil gepflegt. Nach der Schule hatte er studiert und im Anschluss eine sogenannte seriöse Stelle angetreten. Sie hatte ihn aber mehr und mehr angewidert, sodass er sich eines Tages dazu entschlossen hatte, künftig keiner geregelten Tätigkeit mehr nachzugehen. Zumindest solange ihm keine angeboten wurde, die nicht seine Würde und die anderer Menschen oder Kreaturen verletzte. Wo ihm nicht seine Ideen gestohlen und zweckentfremdet wurden. Einige Jahre schlug er sich mit Gelegenheitsjobs durch. Eines Tages musste er jedoch feststellen, dass sein alternatives Leben leider keine Alternativen mehr zuließ. Die Gesellschaft, der er aus dem Weg gegangen war, war nicht mehr gewillt, ihn einzulassen. Er hatte sich damit abgefunden.

Er schenkte sich eine Tasse frischen Kaffee ein und trat ins Freie. Er war nur mit einem Paar verschiedenfarbiger Filzpantoffeln bekleidet. Der Himmel war blau, und nirgends waren Kondensstreifen in Sicht. Vielleicht hatten sie es tatsächlich aufgegeben, Chemikalien in die Luft zu sprühen, um Wettergott zu spielen. Der Blick auf die von der Morgensonne beschienene Wiese – auf der tatsächlich noch einige Blumen gediehen – riss ihn zuverlässig aus seinen trüben Gedanken. Wieder hörte er das Brummen. Nachdem er einen Schluck Kaffee getrunken hatte, wandte er seinen Blick nach oben und sah die Ursache für das Geräusch. An der improvisierten Antenne, die er auf das Dach seiner Behausung geschraubt hatte, hing ein Bienenschwarm. Es mussten Tausende von Tieren sein. Wie eine schwarze Wolke umkreisten sie die Stelle, an der sich vermutlich ihre Königin einen vorläufigen Platz gesucht hatte. Bienen machten so etwas von Zeit zu Zeit, das wusste Jan. Wenn ihre Zahl in einem Stock zu groß wurde, züchteten sie neue Königinnen. Ein Teil des Hofstaates zog mit der jeweils ältesten Königin aus, um anderswo neue Völker zu gründen. Jan wusste auch, dass Bienen nicht gefährlich waren. Manche Idioten schlugen nach ihnen, wenn sie tatsächlich eine zu Gesicht bekamen. Was selten genug vorkam. Das Bienensterben war zunächst kaum bemerkt worden, hatte in den letzten Jahren jedoch dramatische Formen angenommen. Streng genommen war es kein sichtbares Sterben, sondern ein Verschwinden. Die Bienenvölker wurden kleiner, ohne dass man eine nennenswerte Anzahl toter Tiere fand. Man vermutete, dass sie durch Krankheiten geschwächt nicht mehr nach Hause fanden.

Jans Wiese war eine kleine Ausnahme. Es war nicht mehr dieselbe Pracht wie früher, aber noch immer blühten hier die unterschiedlichsten Pflanzen. Vielerorts waren die Wiesen und die Felder öde und leer, weil es kaum noch Bienen gab, die die Pflanzen bestäubten und den Fortbestand sicherten. Andere Insekten hatten die Lücke nicht füllen können, und die Züchtung robusterer Bienenarten gestaltete sich als schwierig und zu langwierig. Es war noch nicht einmal bekannt, was genau das Problem verursachte. Vermutlich war es eine Kombination aus einem durch Pestizide geschwächten Immunsystem und der jahrzehntelangen Züchtung, die nur auf Honigertrag ausgerichtet war. Die Widerstandskräfte ließen nach, und die Tiere verlernten, sich in einer zunehmend feindlicheren und giftigeren Umwelt zu behaupten. Trotz seines Wissens um die Nützlichkeit und die Harmlosigkeit bekam Jan ein mulmiges Gefühl, als einige Tiere seinen entblößten Körper umkreisten. Er ging nach drinnen, um sich etwas anzuziehen. Einige der kleinen Flugobjekte folgten ihm.

Geschützt durch Hose und Hemd störten ihn die Tiere nicht. Vielleicht ließ der Schwarm sich in der Nähe seines Wohnwagens nieder. Dann könnte er sich hin und wieder ein wenig Honig für sein Frühstück abzwacken. Natürlich nur so viel, dass die Bienen noch ausreichend Vorräte für den Winter hatten. Er erinnerte sich an einige Bienenkästen, die wenige hundert Meter entfernt standen. Ein Imker hatte sie vor Jahren aufgegeben und achtlos stehen gelassen, nachdem seine Bienenvölker eingegangen waren. Vielleicht konnte Jan einige von ihnen holen, säubern und dem Schwarm eine neue Heimat anbieten. Es würde viel Arbeit bedeuten. Da er sonst nicht viel zu tun hatte, freundete er sich mit dem Gedanken an. Als ob die Arbeit bereits getan war, legte er zufrieden seine Beine auf den wackeligen Campingtisch und steckte sich eine Pfeife an. Während die süßlichen Schwaden den Wohnwagen füllten, beobachtete er einige der Bienen, die ihm gefolgt waren. Sie krabbelten munter umher. Sie suchten den ganzen Raum nach Blüten ab, verschmähten dabei den halb verwelkten Strauß auf dem Fensterbrett, und erstaunlich schnell schafften es die meisten, die schmale Öffnung im gekippten Fenster zu finden. Jan konnte ihren Arbeitseifer nicht teilen. Er schleppte sich zurück ins Bett und zog sich eine dünne Decke über den Kopf. Die Tage waren lang im Sommer, und später war immer noch genügend Zeit.

Ausgerechnet Honig! Schon wieder hatte ihm jemand eine Frühstücksportion aus der Kantine auf den Schreibtisch gestellt. Markus mochte keinen Honig. Er hasste ihn. Das Aussehen, den Geruch, die Konsistenz – ganz zu schweigen vom Geschmack. Er verabscheute den gelben Schleim abgrundtief. Und doch verdankte er dem Honig seinen Job. Der gut bezahlt war. Es gab viele Informatiker mit Erfahrung in der Personalführung. Aber nur wenige, die einen Imker als Vater hatten und seit ihrer Kindheit mit der Aufzucht von Bienen vertraut waren. Das hatte die Aufmerksamkeit auf sein Profil gelenkt. Im Vorstellungsgespräch hatte er sein etwas angespanntes Verhältnis zu dem, was er *Bienenkotze* nannte, verschwiegen. Auch dass er das Projekt in erster Linie nur als einen weiteren Schritt auf der Karriereleiter begriff, band er niemandem auf die Nase.

Dummerweise hatte er Marianne bei einem Glas Wein – dabei war es leider geblieben – von seiner Abneigung gegen Honig erzählt. Inzwischen hatte die Information die Runde gemacht. Immer mal wieder wurde ein offenes Glas Honig auf seinem Tisch »vergessen« und mit dem goldenen Brei gebackene Kuchen zuallererst ihm angeboten. Aber es war ein freundliches Necken. Die Kollegen waren nett. Das war auch nicht weiter verwunderlich, schließlich war er ihr Chef. Immerhin bedachten sie ihn gelegentlich mit kleinen Portionen von echtem Honig. Dieser war inzwischen so selten und teuer, dass er ihn seinen Vorgesetzten vermachte. Diese waren überaus dankbar für die Abwechslung vom aus Zuckerrüben hergestellten Kunsthonig.

Die Arbeit war gut. Er hatte ein kompetentes Team. Manchmal lief es beinahe zu reibungslos, sodass er jemanden wegen eines kleinen Fehlers zur Schnecke machen musste, damit sich niemand zu sicher fühlte. Das verschaffte ihm Respekt und ein wenig Abstand von allzu großer Vertrautheit.

Gelegentlich musste er an einem Außeneinsatz teilnehmen. Das war eine nette Abwechslung, auch wenn die Ausflüge meist nur zu einem der an dem Projekt beteiligten Unternehmen führten. Es waren wenige, hoch spezialisierte Firmen, deren Namen nicht laut genannt werden durften. Es war geplant, sie bekannt zu machen, sobald man an die Öffentlichkeit ging. Aber das würde noch einige Monate dauern. Bis dahin unterlag alles strengster Geheimhaltung. Den Mitarbeitern wurde deutlich gemacht, welche Konsequenzen eine Verletzung ihrer Verschwiegenheitsklauseln haben würde. Das Projekt war von der Regierung gestartet worden, aber die komplette Finanzierung unterlag diesen Firmen. Ihre Vorstände scharrten mit den Hufen. Ihre jeweiligen PR-Abteilungen waren wie ein Revolver mit gespanntem Hahn und einem unruhigen Finger am Abzug. Aber noch hielten sie still.

Die größte Gefahr ging vermutlich von profilierungssüchtigen Politikern aus. Wenn alles wie geplant funktionierte, würde jeder der Erste sein wollen, der den Erfolg verkündete. Wer würde die Gelegenheit verpassen wollen, seine Mitwirkung an der Rettung der Welt zu erwähnen? Wenn es allerdings schief ging ... Diese Gedanken waren in der Firma offiziell untersagt.

Er schob den Honig ohne sichtbare Regung beiseite und warf einen Blick auf den großen Monitor, der an der Wand seines Büros hing. Er war voller bunter Leuchtpunkte. Die meisten waren grün. Das waren mehr, als man erwartet hatte. Der Rest leuchtete gleichmäßig gelb und rot. Auch die roten Punkte waren kein Problem, solange sie nicht blinkten. Einer blinkte. BeeB017. Darum musste er sich kümmern. Das war die Art von Abwechslung, die er nicht mochte. Mit ein wenig Glück sprang zwar ein Außeneinsatz dabei heraus, aber dieser konnte auch große Probleme bedeuten.

Irgendetwas stimmte nicht mit den Tieren. Der Schwarm hatte inzwischen die Antenne verlassen und sich wie gehofft in den alten Bienenkästen niedergelassen. Jan hatte fasziniert beobachtet, wie die Bienen ihre neue Heimat entdeckt und erobert hatten. Zunächst hatten sie Kundschafter in alle möglichen Richtungen entsandt. Diese hatten dann – vermutlich tanzend – der Königin mitgeteilt, dass in der Nähe eine neue, schöne Wohnung war. Schließlich waren sie alle gleichzeitig aufgebrochen – wie ein Vogelschwarm. Jan versuchte, einen Blick auf die Königin zu erhaschen, aber sie war umringt von unzähligen Tieren, die sie abschirmten und ihn nur einen undeutlichen, dunklen Schatten erkennen ließen. Sie schien riesig zu sein. Vielleicht stand sie kurz vor der Eiablage. Dann würde es bald neue Arbeiterinnen und somit auch Honig geben.

Aber es gab keinen Honig. Jan schleppte weitere Bienenkästen herbei, damit sich das hoffentlich bald wachsende Volk vergrößern konnte. Die Kästen enthielten noch alte Waben, voll von schwerem Wachs. Jans Rücken schmerzte. Aber ein natürliches und für die Umwelt so wichtiges Tiervolk heranwachsen zu sehen, erfüllte ihn mit Freude. Und mit Vorfreude auf den Honig. Auch wenn es zunächst bei der Vorfreude blieb. Die Tiere flogen täglich viele Male aus und ließen sich auf den Blüten auf der Wiese nieder. Ihre Beinchen waren voller dicker Pollenpakete, als sie zur nächsten Pflanze weiterflogen, um diese glücklich zu machen. Das konnte man auch aus der Entfernung gut erkennen. Aber in den Waben fand sich kein Honig. Jan hatte früher einmal im Fernsehen gesehen, wie Imker Rauch über die Waben bliesen, um die Tiere zu beruhigen. Bei seinen Recherchen hatte er herausgefunden, dass man die Tiere in Wirklichkeit in Angst versetzte. Der Effekt war jedoch derselbe. Jan besaß keine Imkerpfeife, aber er war überzeugt, dass seine Haschischpfeife denselben Zweck – vielleicht sogar ein wenig sanfter – erfüllen würde. Er öffnete alle paar Tage gegen Abend vorsichtig die Deckel, blies eine kräftige Wolke hinein und sah den Tieren bei der Arbeit zu. Die meisten scharten sich um die Königin und verdeckten ihren Körper vollständig. Unter ihrer lebenden Decke sah sie beinahe eckig aus. Larven konnte Jan keine entdecken. Vielleicht hatte er die kurze Brutzeit verpasst.

Als er die erste Biene tötete, ging ihm ein Licht auf. Es war keine Absicht gewesen. Eines der Tiere musste sich in seinem Bart verfangen haben, und reflexartig hatte er danach geschlagen. Er spürte einen Schmerz in seiner Hand, aber er konnte keinen Stachel finden. Die Biene wand sich benommen auf dem Boden. Er wusste, dass sie starben, nachdem sie gestochen hatten. Er wollte ihren Todeskampf verkürzen und zertrat sie mit seiner Sandale. Das Knirschen war schrecklich. Eine andere Biene kreiste um das tote Tier und schien es wegtragen zu wollen. Das war ein Verhalten, das Jan nur von Ameisen kannte. Er nahm das Tier auf, um es aus dem Wohnwagen zu werfen. Dabei fielen ihm die Drähte auf. Er wusste inzwischen einige Dinge über Bienen. Von Drähten war ihm nichts bekannt. Auch nichts von den Kunststoffteilen, winzigen Solarzellen und einer Batterie.

Es war eine technische Lösung. Und es war eine typisch männliche Lösung. Marianne war der Meinung, dass bereits das Problem von Männern verursacht worden war. Aber das behielt sie heute für sich. Markus war bei jedem Außeneinsatz erregt wie ein kleiner Junge. Sie wollte ihm die Freude nicht verderben. Außerdem hielt sie es für unklug, ihren Vorgesetzten häufig zu kritisieren. Auch wenn dieser sie augenscheinlich mochte. Er neigte zu unerwarteten Wutausbrüchen, hatten ihre Kollegen erzählt.

Sie waren beide froh, einmal aus der Kunstlichtatmosphäre des Büros herauszukommen. Die anderen beneideten sie. Die überwiegend männlichen Kollegen beneideten insbesondere Markus, das war ihr bewusst. Sie war sich noch nicht sicher, ob Markus ihre Kompetenz ebenso zu schätzen wusste wie ihre langen, blonden Haare. Er hatte den lockeren Umgangston in der Abteilung von seinem Vorgänger übernommen, aber er schien sich damit nicht wohlzufühlen. Noch hatte sie auch seinen plumpen Annäherungsversuch nicht vergessen, auch wenn er sich seither respektvoll verhielt. Immerhin bestand er nicht darauf, den Wagen zu lenken, sondern ließ sie ans Steuer, während er auf seinem Tablet noch einige Daten überprüfte. Manchmal hatte sie den Eindruck, er versuchte aus den Augenwinkeln, einen Blick in ihren Ausschnitt zu werfen. Wenn sie ihn ansah, war sein Blick auf den Bildschirm fixiert. Sie öffnete das Fenster einen Spalt, um die Konzentration von billigem Rasierwasser in der Raumluft auf ein erträgliches Maß zu senken. Sie fuhr gerne, aber ohne Unterhaltung war es ein wenig langweilig.

»Wann hast du das letzte Mal Kontakt gehabt?«

»Mit wem?«

Markus blickte auf und konnte die Frage nicht richtig einordnen.

»Mit menschlichen Wesen? Mit dem Schwarm! Mit BeeB017 natürlich!«

Marianne biss sich auf die Zunge, aber Markus war in Gedanken ausschließlich auf das Projekt konzentriert.

»Ach so. Heute Morgen. Ich empfange allerdings nur sehr schwache Signale. Und die Informationen sind widersprüchlich. Der Standort hat sich nicht verändert. Er ist eigentlich nicht optimal, dennoch ist anscheinend keine weitere Standortverlagerung geplant.«

»Kannst du keine anordnen? Du hast doch die entsprechende Berechtigung?«

»Das könnte ich. Aber ich möchte mir die Sache erst einmal vor Ort ansehen. In dieser Phase soll schließlich getestet werden, wie autark das System funktioniert. Wenn ich jedes Mal gleich eingreife, wenn etwas nicht optimal läuft, werden wir nie die Freigabe bekommen.«

Die Freigabe. Das magische Wort. Sie würde von allerhöchster Ebene kommen. Wenn sie denn kam. Aber erfahrungsgemäß waren Politiker nicht sehr zögerlich, wenn es darum ging, neue, Erfolg versprechende Projekte zu starten. Vor allem, wenn die Arbeit von anderen gemacht wurde. Und die Verantwortung nicht von ihnen getragen wurde. Diese würde an Leuten wie Markus hängen bleiben. Marianne beneidete ihn nicht um diese Verantwortung.

»Aber es läuft doch gut, oder?«

Marianne war erst vor sechs Wochen zum Team gestoßen. Sie kam sich als Biologin unter überwiegend männlichen Ingenieuren noch immer ein wenig wie eine Außenseiterin vor, die man nur über das Nötigste informierte.

»Es läuft sehr, sehr gut. Beinahe zu gut. Die Bestäubung hatten wir sehr schnell im Griff. Es war ein rein mechanisches Problem.«

Er bemerkte, wie Marianne ein wenig das Gesicht verzog. Sie mochte es nicht, wenn man Eingriffe in die Natur auf die technischen Bestandteile reduzierte. Auch wenn sie genau wusste, dass es nichts anderes als ein technischer Eingriff war. An dem sie mitarbeitete. Manchmal mit Bauchschmerzen, dennoch aus Überzeugung.

»Die Pollen haften ausgezeichnet und lassen sich bei Bedarf problemlos abstreifen. Die Navigation war schon schwieriger in den Griff zu bekommen. Ebenso die Kommunikation und die Programmierung des autonomen Schwarmverhaltens. Insekten sind wahre Orientierungskünstler, und die Kommunikation untereinander ist sehr ausgefeilt.«

»Am meisten hat mich ja die Reproduktion beeindruckt. Mir ist durchaus bewusst, dass die Tiere klein und leicht sind. Aber dass die Königin wochenlang neue Arbeiterinnen produzieren kann, finde ich immer noch erstaunlich.«

»Das wird dir gefallen: Recycling.«

»Die toten – ich meine beschädigten – Tiere im Stock werden wiederverwertet?«

»Nicht nur die. Ein Teil der Arbeiterinnen ist programmiert, auch inaktive ›Tiere‹ aus einem Umkreis von hundert Metern um den Stock herum einzusammeln. Damit kommen wir auf eine Wiederverwertungsquote von über 30 Prozent. Gar nicht schlecht, wie ich finde.«

an musste lange suchen, bis er die Werkzeuge fand. Es war Jahre her, seit er sie das letzte Mal benutzt hatte. Es war ein anderes Leben gewesen. Es war aber alles noch da. Auch das Wissen war nicht verloren gegangen, auch wenn es unter einer dicken Staubschicht in seinem Gedächtnis zu liegen schien. Zu seiner Überraschung machte es Spaß, der Sache auf den Grund zu gehen. Dunkel erinnerte er sich an Vokabeln wie Forscherdrang und Ehrgeiz, die er so lange aus seinem Vokabular gestrichen hatte.

Er öffnete die Tiere, die sich als kleine Maschinen entpuppten. Mit Pollenkörbchen an den Beinen und einem Stachel. Alles aus Metall und Kunststoff gefertigt. Er suchte und fand entsprechende Kontakte, dann schloss er sie an seinen Laptop an und startete die entsprechenden Programme, die lange auf seiner Festplatte geschlummert hatten. Dann wartete er. Die Programme analysierten die Daten. Was sie nicht interpretieren konnten, verstand Jan. Er hatte Ähnliches bereits gesehen. Er hatte bereits etwas Ähnliches geschaffen. In dem anderen Leben, das er gerne vergessen hätte. Er verstand nach und nach, was der Zweck dieser Geräte war. Erst ärgerte er sich. Dann reifte ein Gedanke in ihm. Dieser stimmte ihn optimistisch. Auch wenn es viel Arbeit bedeutete. Er stellte die Pfeife weg – weit weg. Dann machte er sich an die Arbeit und vergaß sie für längere Zeit.

ie lange ist der Schwarm schon außer Kontrolle?«

»Außer Kontrolle? So würde ich es nicht nennen. Er hat einige selbstständige Entscheidungen getroffen, die wir nicht vorgesehen hatten. Und er scheint aufgehört zu haben, Pollen zu verbreiten. Statt dessen scheint er mit anderen Aufgaben beschäftigt zu sein, aber die gesendeten Informationen sind eher unklar. Das ist alles. Seit sechs Wochen, um deine Frage zu beantworten. Seit du hier bist.«

Marianne versuchte, aus Markus' Blick zu lesen, ob dies als möglicher Vorwurf gemeint war, aber seine Augen waren fest auf seine Tabellen geheftet. Sie sah aus dem Fenster. Die Wiesen neben der Straße waren ebenso grau wie der Asphalt. So wie beinahe überall. Sie hatten die Stadt verlassen und fuhren seit Stunden über Landstraßen. Aber selbst die Wälder, durch die sie kamen, wirkten krank.

»Und bisher hat niemand etwas bemerkt? Da draußen schwirren inzwischen massenhaft künstliche Bienen umher, und niemand hat eine gesehen?«

»Zum Glück nicht! Die Optik ist hervorragend! Täuschend echt! Und dank deinem Vorgänger wurde so viel an natürlichem Bienenverhalten in die Dinger hinein programmiert, dass es kaum jemand zu bemerken scheint. Wir waren in den letzten Wochen hauptsächlich damit beschäftigt, einige dieser Verhaltensweisen wieder zu löschen.«

»Was habt ihr nur alle gegen natürliche Verhaltensweisen?«

»Es sind keine natürlichen Tiere. Sie sind kleine Maschinen, deren einzige Aufgabe es ist, Pflanzen zu bestäuben und so deren – und unseren – Fortbestand zu sichern. Weil die richtigen Bienen inzwischen zu blöd dazu sind.«

»Sie sind nicht zu blöd. Sie sind zu tot.«

Markus hatte keine Lust, mit ihr über das Bienensterben zu diskutieren. In den letzten zwei Jahren hatte das Phänomen immer bedrohlichere Ausmaße angenommen. Die Ursachen waren noch immer unklar, die

Auswirkungen dramatisch. Weltweit hatte ein großes Pflanzensterben eingesetzt. Wie viele andere Probleme machte es sich in Europa bisher nur durch höhere Preise für bestimmte Lebensmittel bemerkbar. In anderen Ländern hatte es aber bereits Hungersnöte ausgelöst. Langfristig würde es die Existenz der Menschheit gefährden. Vermutlich war der Einsatz von Pestiziden ein Grund, aber das konnte – oder sollte – nie zweifelsfrei geklärt werden.

Die Auswirkungen waren jedem bekannt. Die internationalen Lebensmittelkonzerne bezahlten inzwischen Höchstpreise, um von Imkern ein paar gesunde Bienenvölker zur Bestäubung zu mieten. Aber das waren nur punktuelle Hilfen. Es gab einfach zu wenige gesunde Bienen. Und man wollte das große Geld nicht den Bauern überlassen. Auch keinen Bienen-Bauern.

Das BeeB-Projekt war gestartet worden, um die Bienen durch künstliche Bestäuber zu ersetzen. Jetzt waren sie kurz vor dem Ziel. Auch wenn Romantiker wie Marianne immer noch davon träumten, dass sich der natürliche Honigbienenbestand eines Tages wieder erholen würde. Vielleicht würde das geschehen. Aber momentan war keine Zeit für Grundlagenforschung. Die bestehenden Probleme mussten angepackt und gelöst werden.

Allmählich veränderte sich die Landschaft.

Jan war vielleicht ein Idiot. Oder ein Spinner. Zumindest bezeichneten ihn viele Menschen so. Vielleicht hatte er zu viele falsche Entscheidungen in seinem Leben getroffen. Tatsächlich lief er auch manchmal mit einem Hut aus Alufolie herum. Aber das tat er nur, wenn nervende Wanderer in die Nähe kamen. Oder wenn die Sonne zu heiß brannte. Vielleicht verstand er auch nicht viel von den neuesten technischen Entwicklungen. Aber er verstand etwas von Elektronik. Kaum jemand traute ihm das zu, aber in seinem Leben vor seinem Ausstieg war er Elektroingenieur gewesen. Er begriff sehr schnell, was er vor sich hatte. Er war erstaunt. Vor allem, als er das dichte Bienenknäuel, das die Königin abschirmte, auseinander schob. Die Bienen brummten laut und bedrohlich, aber ihre Stiche drangen nicht durch seine dicken Handschuhe. Die Königin bestand aus einem quaderförmigen Stück Kunststoff. Aus einer Öffnung kamen in regelmäßigen Abständen Bienen gekrochen. Sie schleppten sich müde heraus und pressten sich an eine der Seiten der künstlichen Königin, die mit Kontakten versehen war. Einige Minuten später lösten sie sich und flogen davon. Die quadratische Königin war nicht nur eine Reproduktionsmaschine, sondern auch eine Ladestation. Jan hob sie vorsichtig an. Sie war sehr leicht. Ihre Oberseite war voller kleiner Häkchen. Die künstlichen Bienen mussten sie daran festhalten und sie transportieren können. Jan pfiff bewundernd durch die Zähne. Dann hielt er sein Messgerät an die Königin. Wie erwartet war sie auch ein Sender. Vermutlich koordinierte sie die Abläufe des artifiziellen Bienenstaates. Clever. Aber Jan hatte schnell erfasst, dass das System nicht perfekt war. Er würde es ein wenig optimieren. In seinem Sinne. Im Sinne vieler, wenn auch bestimmt nicht im Sinne aller.

Er hatte bereits Steuerungssysteme für Drohnen gebaut. Für den Einsatz in der Landwirtschaft. Eigentlich. Was sie daraus gemacht hatten, konnte er jeden Abend in den Fernsehnachrichten verfolgen. Verbunden mit der Anzahl der dabei getöteten Menschen. Er ballte seine Faust.

Diesen Anblick hatten sie nicht erwartet. Sie waren darauf gefasst gewesen, sich durch Dickicht zu schlagen und notfalls auf einen Baum zu steigen. Die ›Tiere‹ waren darauf programmiert, sich einen sicheren Platz zu suchen, wo sie möglichst lange unentdeckt blieben. Das klappte manchmal besser, manchmal schlechter. Die Menschen waren seit Monaten durch TV- und Radiobeiträge informiert worden, dass sie Abstand zu Bienenschwärmen halten und die Behörden informieren sollten. Offiziell, weil sie Krankheitserreger übertragen konnten. Diese wurden als vermutlich nicht für Menschen gefährlich bezeichnet. Das allgemeine Misstrauen war inzwischen so groß, dass niemand sich einem Bienenschwarm freiwillig näherte.

Markus und Marianne hatten nicht erwartet, echte Bienenstöcke zu finden. Ungefähr zwanzig von ihnen standen im Halbkreis um einen alten, vergammelten Bauwagen. Dessen Tür hing schief in den Angeln, und die Farbe war an den meisten Stellen von der Außenwand abgeplatzt. Die Bienenkästen hingegen sahen gepflegt aus. Auch sie waren alt, aber jemand hatte das Moos abgekratzt und einige zerbrochene Bretter ersetzt. Ihr Besitzer war nirgends zu sehen. In der Luft um den Bauwagen herrschte reges Treiben. Alle Bienenstöcke schienen bevölkert zu sein.

Markus ging noch einmal die Liste der registrierten Imker durch, konnte aber für diesen Standort keinen Eintrag finden. Währenddessen hob Marianne einen Deckel nach dem anderen an.

»Das musst du dir ansehen!«

Markus holte seinen Imkerhut aus dem Wagen und setzte ihn auf. Er hasste es, durch das feine Gitter zu starren, und er wusste, wie lächerlich er im Anzug mit Imkerhut aussah. Er besaß nicht dasselbe Vertrauen wie Marianne in die Friedfertigkeit von Bienen. Und es fehlte ihm an Mut, wie viele Kollegen hinter seinem Rücken sagten. Es war ihm gleichgültig, Sicherheit ging vor. Falls es überhaupt echte Bienen waren. Aber das mussten sie sein. Die Königin konnte nicht wirklich neue Kunstbienen bauen. Sie schaffte es lediglich, einen Teil der beschädigten wieder instand zu setzen. Es war eine gute Quote, aber sie genügte noch nicht, um den Bestand eines Schwarms länger als ein paar Wochen zu sichern. Ein wichtiger Punkt, der noch geklärt werden musste. Dringend. Aber nicht jetzt.

Er sah in den ersten Stock, dann in den nächsten. Problemlos erkannte er die künstlichen Bienen. Auch ein Laie hätte sie spätestens an den gelben Aufklebern auf ihren Rücken erkannt, die jemand angebracht hatte. Dieser Jemand hatte sie erkannt und markiert! In den meisten Stöcken waren mehrere Dutzend von ihnen, umgeben von Tausenden von echten Bienen. In einem, der auch die Königin enthielt, befanden sich ausschließlich Kunstbienen. Sie schienen sich dort aber nur aufzuhalten, um sich instand setzen zu lassen oder um ihre Akkus aufzuladen. Der Großteil von ihnen befand sich außerhalb der Stöcke. Sie schwirrten munter umher, weithin an den gelben Punkten zu erkennen. Marianne hatte sich inzwischen von den Stöcken abgewandt und winkte Markus zu einer Pflanze. Es war eine Akelei, deren tiefblaue Blüten von zahlreichen Bienen umschwärmt wurden. Einige ihrer künstlichen Artgenossen saßen regungslos auf dem Boden. Sie erwachten ruckartig zum Leben, als sich Wespen der Pflanze näherten. Wespen und Bienen waren natürliche Fressfeinde. Mit Sicherheit waren Wespen nicht die Ursache für den Rückgang der Bienenbestände, aber sie waren auch nicht gerade hilfreich. Kaum näherten sich die Wespen den Bienen, setzten sich die künstlichen Tiere in Bewegung. Sie erhoben sich gleichzeitig und griffen die Wespen direkt an. Sie rammten sie in der Luft, stießen sie von den Bienen weg und stürzten sich dann jeweils zu zweit auf eine Wespe. Sie konnten mehrmals stechen, und sie waren ihren Gegnern an Kraft deutlich überlegen. Noch bevor deren Nervenknoten erfassten, mit was sie es zu tun hatten, waren sie bereits tot.

»Sie benehmen sich wie Soldaten!«

Markus war beeindruckt.

»Es sind Wächter. Bodyguards. Und Scouts. Und Ärzte. Unter anderem.«

Hinter ihnen stand ein grauhaariger Mann in der Tür des Wagens. Seine Haare waren zu einem Pferdeschwanz gebunden. Sein Oberkörper war nackt und ebenso braun gebrannt wie seine Beine, die aus zerknitterten Shorts ragten. Auf dem Kopf trug er eine unförmige Mütze, die er anscheinend aus Alufolie gefaltet hatte. Er breitete seine sehnigen Arme aus und wies auf die Bienenstöcke.

»Gefällt Ihnen meine kleine Bienenzucht?«

Er wartete keine Antwort ab, sondern steckte sich umständlich eine kleine Pfeife an. Er inhalierte tief, hielt die Luft einige Sekunden an und ging dann hustend auf seine Besucher zu, um ihnen die Hände zu schütteln. Markus starrte ihn mit offenem Mund an. Marianne stellte fest, dass er zwar ein wenig ungepflegt aussah, aber gut roch. Natürlich. Es war eine Erholung zu Markus' aufdringlichem Rasierwasser.

»Was meinen Sie mit Ärzten? Verabreichen sie den Tieren Medikamente?«

»Ich bin kein Pharmakologe. Oder Chemiker. Ich glaube, mit Chemikalien hat das ganze Problem erst begonnen. Meine *Helfer*, wie ich sie nenne, unterstützen die natürlichen Bienen. Sie sind ineffektiv, wenn es darum geht, große Mengen Pollen zu schleppen. Aber sie können – wie Sie gesehen haben – die Bienen sehr effektiv verteidigen. Abends, wenn die Arbeiterinnen müde und erschöpft im Stock sitzen, werden sie auf Milben untersucht und von diesen befreit. Die toten Milben werden aus dem Stock geschafft. Wenn ich das richtig beobachtet habe, werden diese von Ameisen abtransportiert. Ich glaube, das ist eine sehr große Erleichterung für die Tiere. Mich erinnert es ein wenig an Affen, die sich gegenseitig lausen.«

»Großartig! Und wieso Scouts..?«

»Die künstlichen Tiere sind gar nicht mal schlecht, das muss ich Ihnen lassen. Sie sind beispielsweise sehr gut darin, geeignete Ziele zu erkennen. Sie erfassen eine große Bandbreite an Giften und scheinen sogar in der Lage zu sein, gentechnisch veränderte Pflanzen zu erkennen. Sie weisen den Bienen den Weg zu den lohnenden Plätzen, sodass diese sich unnötige Wege sparen können.«

Markus richtete sich ein wenig auf. Er erinnerte sich daran, dass er der Projektleiter war und die Fäden wieder in die Hand nehmen musste.

»Das bedeutet, Sie haben unsere Bienen manipuliert! Wie waren Sie dazu in der Lage?«

Jan machte eine abfällige Handbewegung und öffnete die Deckel einiger Stöcke. Die Waben waren dick und voller Honig. In einigen wimmelte es von Larven. Die Bienen schienen gesund zu sein und sich fröhlich fortzupflanzen.

»Das war gar nicht so schwer. Wenn man sich auskennt. Die Veränderungen waren notwendig, da Sie einen wichtigen Punkt außer Acht gelassen haben. Vielleicht sollten wir die Tiere in Ruhe lassen und alles Weitere in meinem Büro besprechen?«

Er deutete auf die windschiefe Tür und ging voraus, ohne eine Antwort abzuwarten. Sie folgten ihm in den Bauwagen und setzten sich an seinen wackeligen Campingtisch. Jan servierte indischen Kräutertee und legte wortlos einige Unterlagen und Tabellen dazu. Markus begann zu lesen. Zunächst, um seine Gedanken zu sortieren, dann mit zunehmendem Interesse und wachsender Bestürzung. Jan verfolgte den Wechsel in Markus' Minenspiel amüsiert und zwinkerte gelegentlich Marianne zu. Sie ertappte sich dabei, wie sie lachen musste.

Dann rechnete Jan es ihnen vor. Die Teegläser standen unberührt zwischen den Unterlagen. Markus ging die Tabellen ein ums andere Mal durch, aber er konnte keinen Fehler finden. Sie hatten sich zu sehr auf die Details gestürzt. Sie hatten die grundsätzliche Frage vernachlässigt, ob sie in der Lage wären, genügend künstliche Bienen herzustellen. Man war wie bei jeder technischen Neuerung vorgegangen: Erst hatte man Prototypen entwickelt, dann kleine Serien gebaut. Man ging davon aus, dass die Fertigung großer Stückzahlen nicht nur möglich, sondern auch zunehmend billiger werden würde. Aber selbst wenn sich die optimistischeren Prognosen erfüllten, würde es nicht ausreichen, um die nötige Menge an Pollen zu verbreiten. Die Ausfallrate war zu groß. Selbst mit einer höheren Recyclingquote würden sie nie und nimmer genügend künstliche Bienen auf die Wiesen und in die Wälder dieser Welt setzen können. Was Reproduktion und Effektivität betraf, war ihnen die Natur überlegen. Markus lehnte sich zurück und schloss die Augen. Am liebsten hätte er einen tiefen Zug aus Jans Pfeife genommen. Das Projekt war in der geplanten Form gescheitert. Es war mit normalen finanziellen Ressourcen nicht umzusetzen. Natürlich verfolgten sie ein hehres Ziel. Aber wenn dabei kein Profit zu erwarten war, würden sich die Geldgeber zurückziehen. Das hatten sie mehrfach betont. Die Konsequenzen waren ihnen gleichgültig. Und wenn auf mittlere Sicht kein Erfolg zu erwarten war, würde sich auch die Politik zurückziehen. Die größte Chance, das Projekt – und seinen Job – zu retten war, diesem Hippie sein Programm abzuluchsen. Vermutlich wären sie in der Lage, dasselbe zu erreichen wie er, aber das würde dauern. Und wozu sich Arbeit doppelt machen? Vermutlich war Jan mit ein paar Tausend Euro zufrieden.

»Das ist unglaublich, was Sie unseren kleinen BeeBs beigebracht haben! Benötigt man aber für diese vielfältigen Aufgaben nicht auch unzählige Tiere? Damit wären wir doch wieder beim selben Problem.«

Jan lehnte sich zurück und nahm einen großen Schluck von seinem Tee.

»Das ist ja das Tolle an der Natur: Sie kann lernen. Die Bienen spüren, dass ihnen das Verhalten der Helfer guttut. Sie beginnen, sich gegenseitig auf Milben zu untersuchen. Sie lernen, welche Pflanzen unbedenklich sind, und welche verseucht oder verändert sind. Pure Nachahmung und ein wenig Trial and Error. Für zwanzig Bienenvölker genügt ein einziges Helfervolk! Es funktioniert!«

Markus war erleichtert.

»Direkt mit der Tür ins Haus: Was wollen Sie für Ihr Programm?«

Markus griff in die Innentasche seines Jacketts, als ob er dort ein firmeneigenes Scheckbuch hätte. Er bemerkte, wie albern diese Geste war, und ließ seinen Arm wieder sinken. Jan lachte.

»Ihr Geld brauche ich nicht. Das Projekt interessiert mich nur dahin gehend, dass es eine gute Grundlage für meine Entwicklung war. Wie ich gesehen habe, haben Sie bisher kein Patent darauf angemeldet. Geheimhaltung, vermute ich ...?«

Seine Stimme war voller Selbstsicherheit, die Markus ein unbehagliches Gefühl bescherte.

»Ich war auch vorsichtig. Es ist mir einmal passiert, dass man mir eine Idee gestohlen hat. Daher habe ich meine Optimierung schützen lassen. Es kann sein, dass ich dabei einige Ihrer Vorarbeiten habe einfließen lassen. Beim Patentamt war nichts davon bekannt. C'est la vie. Ich habe die Unterlagen hier. Und die Verträge.«

»Verträge?«

»Verträge! Die Sie mir binnen Wochenfrist unterzeichnet zurückschicken. Ansonsten verklage ich Sie wegen Verletzung meiner Patente und untersage Ihnen jegliche Weiterarbeit an dem Projekt!«

Er reichte Markus einen dicken Umschlag. Dieser öffnete ihn und begann zu lesen. Er war kein Anwalt, aber er verstand genug, um zu begreifen, dass dieser alte Hippie sie ausgetrickst hatte.

Als sie den Bauwagen verließen, setzte sich eine Biene auf Mariannes Arm. Ihre Beinchen waren voller gelber Pollen. Sie schien einen Augenblick auszuruhen, dann erhob sie sich wieder und flog zielstrebig zu ihrem Stock.

Markus fuhr alleine zurück. Wortlos registrierte er Mariannes Wunsch, noch ein wenig zu bleiben und mehr über das Projekt zu erfahren. Sie stieg aus dem Regierungsprojekt aus, und verbrachte viel Zeit bei Jan und seinen Bienen. Es gab Gerüchte, dass sie auch öfters über Nacht blieb, aber das interessierte Markus nicht mehr. Er leitete die Verträge weiter, die ihm Jan gegeben hatte. Seine Kündigung legte er dazu. Er hoffte, rechtzeitig aus der Schusslinie zu kommen, was ihm halbwegs gelang.

ie Mappe mit dem Abschlussbericht flog quer durch den Raum, verfehlte nur knapp den Staatssekretär Müller und krachte an die Wand. Dort riss die Mappe ein Bild mit dem Kanzler und dem amerikanischen Präsidenten herunter, öffnete sich endlich und verteilte einen großen Papierstapel gleichmäßig auf dem Boden. Der Kanzler war wütend. Es war ihm gleichgültig, ob diese Viecher die dämlichen Pollen selbst aufsammelten, oder den blöden Bienen wieder beibrachten, wie das ging. Die PR-Abteilung hätte das schon zurechtgebogen. Aber nun hatte er den Paragraphen gelesen, den dieser zugekiffte Alt-Hippie sich ausbedungen hatte. Entwicklungsländer mussten mit einer ausreichend hohen Zahl an ›Helfern‹ versorgt werden! Gewinne mussten in die Entwicklung naturnaher Landwirtschaft gesteckt werden! Und noch einige weitere Punkte. Das verdammte Patent war auf ihn angemeldet. Der Kanzler hatte befürchtet, dass ein übereifriger Beamter vom Patentamt alles ruinierte. Und nun hatte dieser Freak es ihnen weggeschnappt und war bereits an die Öffentlichkeit gegangen! Es war nichts mehr zu machen, zumindest nicht vor den Wahlen. Er musste seine Führungsqualität und Lösungskompetenz an einer anderen Stelle beweisen. Vielleicht hatte er ja Glück, und ein Flugzeug krachte in ein Atomkraftwerk. Wo waren diese Terroristen, wenn man sie einmal brauchte? Es könnte sich doch wenigstens irgendein Wirrkopf auf dem Marktplatz in die Luft sprengen. War das zu viel verlangt? Es gab so viele überflüssige Idioten ... Sein Blick schweifte durch den Raum. Die Lösung war so nahe.

Müller sammelte die verstreuten Blätter ein. Er erwartete zumindest, entlassen zu werden. Tatsächlich wäre er nicht überrascht gewesen, auch noch eine Tracht Prügel zu beziehen. Er war überrascht, als ihn der Kanzler anlächelte.

»Wir dürfen jetzt den Kopf nicht in den Sand stecken! Lassen Sie das Altpapier liegen! Müller, ich glaube, ich habe eine neue Aufgabe für Sie. Sie sollten sich ein wenig unter die Leute mischen, denke ich.«

ENDE

*Inzwischen wurde eine Kurzfassung der »**Patentlösung**« unter dem Titel »**Symbiose**« in der Ausgabe 10/2015 der **c't** veröffentlicht. Und auch eine Imkerzeitschrift hat bereits ihr Interesse bekundet ...*

DANKSAGUNG

Mein ausdrücklicher Dank geht an:

Tine: für alles! Für deine Liebe und deine Geduld. Für das wundervolle Essen und die schöne Zeit, die wir miteinander verbringen dürfen.
Joey: der unnachgiebig und akribisch einen lesbaren Pfad durch das Dickicht meiner Fehler geschlagen hat.
Peter: dafür, dass du dich so oft als Erstleser geopfert hast.
Gerold: Thank you for the music!
Michael Thiele: der die Titelillustration zur Verfügung gestellt hat.

Ich danke der Redaktion des Portals *die-honigmacher.de* – und ganz besonders *Werner Mühlen* von der Landwirtschaftskammer Nordrhein-Westfalen – für die ausführliche Beantwortung meiner Fragen zum Thema Bienenzucht.

Ganz besonderen Dank an das Team von *Lektor³*, das diese gedruckte Ausgabe (und viele andere!) möglich gemacht hat!
    http://lektor-hoch-drei.de

Ohne euch gäbe es dieses Buch nicht!

Mein abschließender Dank geht an die Käufer und Leser: Ohne euch gäbe es dieses Buch zwar, aber es wäre natürlich ziemlich sinnlos …

Danke!

Gerd Rödiger

DER AUTOR

Gerd Rödiger, geboren 1973 in Süddeutschland, lebt und schreibt seit einigen Jahren in Berlin.

Er veröffentlichte zahlreiche Kurzgeschichten, unter anderem in c't – magazin für computertechnik und phantastisch! unter dem Pseudonym Edgar Philips.

Er schreibt Unheimliches & Horror, Science Fiction & Near Future, und in letzter Zeit auch häufig über das Leben und Leiden in Berlin.

Neuigkeiten, Informationen zu bisherigen und bevorstehenden Veröffentlichungen sowie Kontaktmöglichkeiten gibt es hier:

www.trapezoeder.de

José V. Ramos / Gerd Rödiger

Black Noise

7 dunkle Geschichten

7 Geschichten, die Sie in dunkle Zwischenreiche entführen.
7 Geschichten, in denen die Protagonisten mit radikalen Veränderungen ihrer Lebensumstände konfrontiert werden.
7 Geschichten voller Abgründe.

Als E-Book in allen gängigen Formaten und ab Herbst auch als
Paperback erhältlich!

Regine Bott, Holger Jörg,
Gerd Rödiger, Joachim Speidel

Der City-Cleaner

und andere Dystopien

Vier Autoren werfen in vier bitterbösen
Geschichten einen kurzen Blick auf die
Welt von Morgen – eine nicht wirklich
schöne neue Welt, die nur einen
Lidschlag von der
Welt von heute entfernt ist.

Als Paperback und bald auch als E-Book erhältlich!

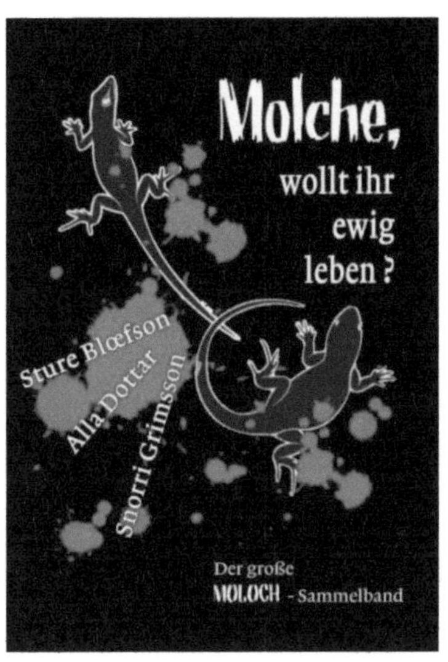

Die Neunundneunziger präsentieren:

Snorri Grimsson, Sture Blœfson, Alla Dottar

Molche, wollt ihr ewig leben?

Der erste große MOLOCH-Sammelband

mit

Die Schlechten ins Kröpfchen!
Keine Gefangenen!
Kreaturen der Nacht!
Top Sekröt!
Wer hat Angst vor'm Kuyper-Wolf?
Der Schläferhund!

Demnächst als E-Book und Print erhältlich!

Dein Buch in deiner Hand!

Lektor-hoch-drei

Dein Partner rund um dein Manuskript!

info@lektor-hoch-drei.de
www.lektor-hoch-drei.de